TOKYOPOP PRESENTS
Christina Plaka
1
YONEN BUZZ
SOLEIL MANGA

FINA-LE-MENT...
ON S'EST REVUS.
La voix de Nana touchera-t'elle au cœur barricadé de Yano ?
C'EST MOI QUI...
C'EST MOI QUI...
VAIS TE PRO-TÉGER.
QUI VAIS PRO-TÉGER YANO POUR TOU-JOURS.
TOME 2 EN VENTE BIENTÔT...

Dans le volume 2
SI JE SUIS PAS AVEC YANO ...
JE M'EN-NUIE.
J'ES-PÈRE ...
QU'IL VIEN-DRA.
NANA S'EST RENDUE COMPTE
DE SES SENTI-MENTS.

SON SENTIMENT EST PEUT-ÊTRE RAISONNÉ...

......
MAIS !
MAIS...
C'EST PAS INTERDIT...
DE PAS TOUT COM-PRENDRE.
TIENS...

......
DIS MOI POURQUOI
POUR LES CHOSES IMPORTANTES TU DIS TOUJOURS...
JE SAIS PAS,
OU AUTRE CHOSE
QUI N'EXPRIME RIEN ?
SI, JE M'EXPRIME !
MAIS SI JE M'EN FOUS...
JE DIS N'IMPORTE QUOI.
ON PEUT DIRE N'IMPORTE QUOI...
MAIS...

PAS SI MAL QUE ÇA.
QUOI DONC ?
ÊTRE DÉBON-NAIRE.
ET AUSSI...
DE ME CAUSER...
ÇA VEUT DIRE QUOI ?
TU T'ES PAS TROMPÉE.
ET...
......
JE SAIS PAS.

JE SUIS COMME ÇA.
UN PEU LÉGÈRE...
CARACTÈRE FAIBLE...
BIEN AVEC TOUS...
JE PRENDS MES RESPONSABILITÉS MAIS ON PEUT PAS COMPTER SUR MOI.
CRAINTIVE ET FAIBLE...
....
QUOI ?
C'EST QUOI ÇA ?
EN CONCLUSION : DÉBONNAIRE.
J'AI PAS CALCULÉ...
JE T'AI PARLÉ TROP VITE.
J'AI TROP VITE CONFIANCE.
PAR EXEMPLE...
C'EST BIEN ÇA
IDIOTE !
BEN OUI.
GLUPS !
PAS...
DE COMÉDIE...
MAIS...

YANO EST-IL SI...
CONTRA-DICTOIRE ?
......
TU M'AS DIT
QUE TU NE POURRAIS PAS M'AI-DER.

IMPOSSIBLE DANS LE BÂTIMENT A.
(2F)
1-5
2-4
3-1
第2校舎
〈2F〉
(1-9)
1-7
POURQUOI...

IL A BEAU ÊTRE INCORRECT ...
IL EST QUAND MÊME SÉRIEUX.
C'EST UN BÂCLEUR...
FLAP
MAIS IL A DES CONVICTIONS.

PENSE DIFFÉREMMENT DES AUTRES
EUH,
MAIS,
POUR FAIRE UN CHANGEMENT MAINTENANT.
CARREMENT IMPOSSIBLE
DES CLASSES ONT DÉJÀ MIS EN PLACE LEURS PROJETS.
DANS CE CAS-LÀ ON CHANGE AVEC TA CLASSE.
3-4
2-7
....
ET...
DEPUIS QUAND...
AI-JE COMMENCÉ À AVOIR DES SENTIMENTS POUR LUI ?

YANO ET MOI...
ON N'EST PAS PAREIL
EEH ?
TOUT EST DÉCIDÉ.
PRENEZ CE QU'IL RESTE.
JUSTEMENT ÇA VA PAS, ON VOUDRAIT CHANGER.
QUI A FAIT LA RÉPARTITION AU DÉBUT ?
HEIN ?
IL Y A FORCÉMENT UN RESPONSABLE...
YANO ...

ガラ
RETIENS BIEN LA DATE
バサッ
REPROGRAM-
MATION DES
RÉPARTITIONS
DE CLASSE.

T'INQUIÉTER.
TU...
DOIS PAS...
T'INQUIÉTER.

ET
POURTANT...
ÇA VA ?
QUOI QU'IL ARRIVE, J'EN ASSUME LA RESPONSABILITÉ.
ET TOI,
TU DOIS PAS...

ON PEUT RIEN FAIRE.
NON.
T'EN FAIS PAS, NANA !
EH, TAKA-HASHI.
C'EST À QUELLE HEURE LA RÉUNION ?
EH...
ELLE VIENT DE SE TERMINER.
IL RESTE DU MONDE ?
...PEUT-ÊTRE.
JE VAIS VOIR.

C'EST VRAI
LES GENS VIENDRONT PAS.
CE SERA PAS MARRANT.
ÇA DONNE PAS ENVIE
QU'EST-CE QUE TU AS FAIT LÀ ?
C'EST PAS LA FAUTE DE NANA.
CELUI QUI DÉCIDE A OUBLIÉ NOTRE CLASSE !
C'EST TERRIBLE, ÇA.
AU CONSEIL DE LA SEMAINE DERNIÈRE, ILS NE NOUS ONT PAS PRIS EN COMPTE.
NANA A BEAUCOUP INSISTÉ MAIS...
ILS ONT DIT QUE C'ÉTAIT TROP TARD.
第1校舎 (1F)
校舎
CELUI QUI A OUBLIÉ A DIT À NANA QUE C'ÉTAIT DE SA FAUTE À ELLE PARCE QU'ELLE A OUBLIÉ D'INSCRIRE LA CLASSE.
IL NOUS A FERMEMENT ÉCONDUITS.
FUUN !
C'EST COMME ÇA.
EH OUI.
MÊME SI ON SE PLAINT, ON N'AURA PAS MIEUX, PRENONS LE BÂTIMENT C.

EH, TOI.
ILS ÉTAIENT ICI
IL PARAÎT QUE NOTRE CLASSE POURRA PAS FAIRE DE THÉÂTRE.
C'EST VRAI, ÇA M'ENNUIE PAS DU TOUT.
WAHAHAHA
EHH POURQUOI ?
JE M'EN FOUS.
TAKAHASHI A...
OUBLIÉ DE NOUS INSCRIRE ET ON N'A PAS EU LA SALLE.
1-7
NON, C'EST PAS QU'ON N'A PAS LA SALLE.
DANS LE BÂTIMENT C, IL Y A ENCORE DE LA PLACE.
MAIS...
LE BÂTIMENT C EST UN PEU LOIN.
TOUT SE PASSE DANS LES BÂTIMENTS A ET B.
ON N'Y ARRIVERA PAS.
DISONS QU'ON AURA PERSONNE SI ON EST AU C.

DÉ-SO-LÉE.
J'AI COMPLÈ-TEMENT OUBLIÉ DE TE DONNER ÇA.
AH,
ÇA IRA,
TIENS !
EH !
IL N'Y A PAS...
DE SALLE POUR NOTRE CLASSE ?
IL FAIT CHAUD.
ON FAIT UNE PAUSE.
É-COU-TE,
LE JOUR DE LA FÊTE DE L'ÉCOLE, ON MET TOUS DES "HAPPY"*.
HAPPY ?
ON VA LES LOUER AUX COMMER-CANTS.
*HAPPY COAT, COSTUME SPÉCIAL POUR FÊTES ET FESTIVALS, PARFOIS FOURNI PAR LES COMMERCES DE QUARTIER
MAIS LE LOGO DU COMMERÇANT SERA IM-PRIMÉ.
WAHAHAHAHA
VIOLET !!
AH !
TOUTES LES DE-MANDES DOIVENT ÊTRE FAITES À TAKAHASHI.
C'EST PAS COOL.
N'IMPORTE QUOI POURVU QUE CE SOIT VIOLET.

ELLE N'AVAIT PAS SENTI QU'IL ÉTAIT LÀ.
HÉ...
J'AI FAIT QUELQUE CHOSE DE MAL ?
...
ELLE EST VRAIMENT SIMPLE.
C'EST MARRANT.
PFFU
PFFU
PFFU
......
C'EST LE SCÉNARIO PRIMÉ L'AN DERNIER.
LÀ C'EST CELUI DE L'ANNÉE D'AVANT.
OUI, C'EST MIEUX SI L'HISTOIRE EST SÉRIEUSE.
C'EST SÛR QUE ÇA IRA PLUS VITE SI JE PARLE AU PROF.
JE REMERCIE YAMAMOTO POUR SON AVIS.
EH,
ELLE EST OÙ LA SALLE.
AH !
J'ARRIVE PAS À VOIR SUZUKI DE LA CLASSE 6
C'EST VRAI QUE J'AI PAS ENCORE EU LE DOCUMENT.
PARDON, JE VAIS VOIR.

EN VÉRITE,
CET ASPECT DE YANO...
JE LE RESPECTE.
......
BON,
SI JE CONTINUE À PARLER DE CET IDIOT, Y'A PAS QUE LA BOUCHE QUI VA POURRIR, MAIS LA TÊTE AUSSI.
SALUT.
だ
....
ET
ALORS ?
QUOI DONC ?

IL S'EST PASSÉ QUELQUE CHOSE QUI T'ÉNERVE TANT QUE ÇA ?
HA
FUHAHAHA
...NON, MAIS JE ME DEMANDE COMMENT IL PEUT ÊTRE AUSSI FROID PARFOIS !!
COMMENT DIRE...IL NE TRAITE PAS LES AUTRES COMME DES HUMAINS.
IL FAUT PENSER UN PEU AUX AUTRES.
TOUT LE CONTRAIRE DE TOI N'EST-CE PAS ?
EXACT !!
JE FAIS TELLEMENT D'EFFORTS...
MAIS JE SUIS PAS RÉCOMPENSÉE.
ÇA ME REND PITOYABLE
ÇA M'ÉNERVE DE VOIR CE GENRE DE PERSONNE QUAND JE SUIS COMME ÇA.
IL EST CHIANT ?
SUPER CHIANT !!
MALGRÉ ÇA, LES GENS L'AIMENT.
PARCE QU'IL EST LÀ...
LES AUTRES S'INTÉRESSENT AU THÉÂTRE.
TU SAIS, CE GENRE DE MEC,
PENDANT LA RÉCRÉ, SI C'EST LUI QUI PREND LE BALLON, LES AUTRES LE SUIVENT...
S'IL EST PAS LÀ, ON S'ENNUIE ET ON ARRÊTE DE JOUER. C'EST LUI QUI DONNE LE TON.

SI Y A PAS DE CHANGEMENT, ÇA VA ALLER.
MERCI.
SALUT !
DÉSOLÉE POUR L'AUTRE JOUR.
EH !
DE QUOI ?
POUR VOTRE SOIRÉE.
AH...
NON, C'ÉTAIT COMME D'HABITUDE.
OUI.
MAIS C'EST DUR !!
ALORS LUI, C'EST VRAIMENT ...
QUI, LUI ?
CET IMBÉCILE DE YANO.
ON EST DES MAUVAIS GARÇONS, TU SAIS.
À PROPOS, VOUS JOUEREZ AU THÉÂTRE ?
AH...
......
BON ?
QUE-CE QU'IL A FAIT ?
NON.
J'ARRÊTE DE PARLER DE LUI.
MA BOUCHE VA POURRIR !!

C'ÉTAIT UNE FAUTE !!
MON ERREUR !!
TU VOIS.
JE TE L'AVAIS DIT.
QUELQU'UN COMME TOI...
J'AI OUBLIÉ LE CONSEIL DE CLASSE !!
ZUT !
OH MAIS,
TU ES TRÈS OCCUPÉE.
VA CHERCHER LA LISTE.
NE SERA PAS À MOI.
AH !!
LA LISTE POUR LA CLASSE 7.
SUZUKI DE LA CLASSE 6 DOIT L'AVOIR.
DES REMARQUES À FAIRE ?
PAS SPÉCIALEMENT.
JUSTE L'ANNONCE DE RÉPARTITION DES CLASSES.

AH,
OUI...
T'AS RAISON.
SI JE PENSE À ÇA, AU COMITÉ AUSSI ILS M'ONT FORCÉE À LE FAIRE.
QUEL DÉBONNAIRE.
GAAAN
NANA,
NE TE FAIS PAS DE SOUCI.
C'EST VRAI.
C'EST PAS MAL D'ÊTRE DÉBONNAIRE.
BON CARACTÈRE.
GENTILLE.
BON PERSONNAGE.
TU VOIS ?
SI ON NE DIT QUE DES BONNES CHOSES...
SI ON NE DIT PAS DE MAL...
ALORS...
JE NE VOIS RIEN.
"JE NE SAIS PAS VOIR"
ÇA PLAÎT À TOUT LE MONDE.
MAIS ON NE PEUT PLUS DIRE NON.
JE SUIS FAIBLE...
EN PENSÉES.
FACILE À TROMPER.
FACILE À UTILISER.

PUTAIN !
JE LUI METS UNE BARBE.
TAKAHASHI.
AH, OUI.
IL Y AURA UN COMITÉ EXÉCUTIF DEMAIN APRÈS LE DÉJEUNER.
ILS VONT DISTRIBUER LA LISTE DE RÉPARTITION DES CLASSES.
AH MERCI.
ALORS TU AS CHOISI LE SCÉNARIO ?
NON PAS ENCORE.
IL Y A TROP DE CHOIX.
TROP DE DEMANDES DIFFÉRENTES
DEMANDE AU PROF.
HEIN ?
IL VA TE DIRE LA TENDANCE DE L'ANNÉE
ET DEMANDE LUI D'EN CHOISIR QUELQUES UNS POUR FINALISER TOI-MÊME.
TAKAHASHI,
COMME TU PARTICIPES AUSSI AU COMITÉ EXÉCUTIF...
SI TU TE DÉBROUILLES PAS BIEN,
TANT PIS POUR TOI.

JE COMPRENDS PLUS RIEN.
HÉ !
CELUI-CI.
UN PEU LONG, NON ?
ÇA SERA PAS FINI EN 40 MINUTES.
ET ÇA ?
TROP DE DÉCO À FAIRE.
SURTOUT PAS ÇA !?
COMMENT
DIRE !?
C'EST UNE HISTOIRE DE CRIME QUE JE VEUX!?
CRIME FORT EN PLUS !!
SURTOUT PAS D'AMOUR !!
JE CROIS QU'ELLE VEUT TUER YANO.
TU VAS AVOIR UN RÔLE, FINALEMENT.
DÉSOLÉE POUR TOI
HÉ !
NANA !
TU PEUX FAIRE CHOISIR À YANO ET AUX AUTRES QUAND MÊME ?
IL Y A TROP DE SCÉNARIOS À VOIR
NON !
JE LUI DEMANDERAI PLUS JAMAIS RIEN.
IL N'EST PAS ASSEZ CONCILIANT.
AH BON ?
IL EST GENTIL
OU MÉCHANT ?
SOIT PLUS CLAIRE !

TU VOIS.
JE TE L'AVAIS DIT.
....
MAIS...
ALORS...

……
C'EST ELLE QUI A DÉCLARÉ SA FLAMME
TU SAIS
QUOI ?
C'EST VRAI QUE
ÇA C'ÉTAIT …
DISONS QUE J'AI ÉTÉ TROP VITE OU...
JE PENSE QUE JE NE
VO-YAIS RIEN.
ET MÊME,
C'ÉTAIT UNE FAU-TE !!
QU'EST-CE QUE
C'ÉTAIT "ÇA" ?
POURQUOI EST-IL...
BÊTE.
AUSSI...
SUPER PETITE VOIX
QUAND J'AI DIT
"JE T'AIME" …
ÇA A ÉTÉ...
MÉCHANT
MON...
ERREUR !!

IL...
ON VA PAS SE FÂCHER QUAND MÊME.
T'AS MÊME PAS À RETENIR LES DIALOGUES.
ON A DÉCIDÉ À LA MAJORITÉ.
JE SUIS TOUJOURS TON BOUC ÉMISSAIRE.
....
MON
BOUC ÉMISSAIRE...
TU SAIS...
MOI-MÊME JE FAIS MON MAXI.
AH BON ?
ET TU FERAS QUOI ?
POUR LE MOMENT,
RÉGISSEUR PAR EXEMPLE...
FAIS-CI, FAIS ÇA, DONNER DES ORDRES ?
C'EST BIEN FACILE !
TU ES PARFOIS
QUELQU'UN DE TRÈS MÉCHANT.
OUI OUI.
QUAND TU AS DES PROBLÈMES,
C'EST MOI QUI SUIS MÉCHANT, C'EST ÇA ?

YANO,
S'IL TE PLAÎT.
IL Y A PERSONNE D'AUTRE QUE TOI. ♡
WAHAHA
(ON N'A PAS ENCORE DÉCIDÉ CE QU'ON VA JOUER, MAIS)
PREMIER RÔLE : YANO MOTOHARU
CLAP CLAP
PACHI PACHI
C'EST DÉCIDÉ !!
PACHI PACHA
ON AURA DU MONDE !
ÇA VA ÊTRE DRÔLE !
LES FILLES VIENDRONT !
FUN
ON VA CHOISIR LE SCÉNARIO !
TU VIENS ?
JE M'EN FOUS !
VAS-Y TOI !

*JANKENPON = JEU DE PIERRE FEUILLE CISEAUX

CRRI
CRRI
FÊTE DE L'ÉCOLE ...
ÉCOUTEZ...
KOF KOF
AU CONSEIL DE CLASSE DE L'AUTRE JOUR, ON A DÉCIDÉ DU PROGRAMME.
DÉSOLÉE MAIS
ON N'A PAS PU AVOIR LA CAFETERIA, TROP DE MONDE ÉTAIT DESSUS.
FINALEMENT !
PETIT THÉÂTRE
NOUS SOMMES TROISIÈME SUR LA LISTE D'ATTENTE DU PETIT THÉÂTRE !!
ON DOIT POURSUIVRE L'EFFORT AVEC ENTHOUSIASME !!

HAHA HA !
CLAIRE-MENT IDIOT.
TU AS L'AIR BÊTE.
......
J'AI UN SOURIRE PRÊTEN-TIEUX.
ET MA TÊTE EST PLUS GROSSE QUE LA SIENNE.
ON DIRAIT QUE...
J'AI L'AIR D'UN POULPE.
TÊTE JOUFFLUE
ÇA VA.
TU ES MIGNON-NE.
ÇA VA ?
LE POULPE ?
TU ES MI-GNON-NE ?
MOI
OU LE POULPE ?
VOILA LE BUS.
ALORS,
SALUT.

JE PENSE QUE...
Y'A RIEN À FAIRE.
JE ME METS MÊME PAS EN COLÈRE.
C'EST PLUS FACILE,
BREF...
JE SUIS MALIN !
MOI.
......
......
J'AI APPUYÉ
SUR LE BOUTON.

NORMALEMENT ON NE DIT PAS CE GENRE DE CHOSE.
J'APPUIE SUR LE BOUTON !
AH !
NON RECOMMENCE.
......
PFFF !
TU FAIS UNE DRÔLE DE TÊTE.
C'EST PLUS FACILE DE DIRE ...
QUE C'EST SA FAUTE PLUTÔT QUE CELLE DE L'AUTRE.
......
ET CELLE-LÀ, ÇA VA ?
C'EST L'INVERSE.
C'EST PLUS FACILE DE DIRE QUE C'EST LA FAUTE DES AUTRES.
SI C'EST LA FAUTE DES AUTRES ...
JE N'ACCEPTE PAS LA STUPIDITÉ.
MAIS SI C'EST DE MA FAUTE...

AHHH MON DIEU.
UNE PHOTO EN PIED, C'EST PAS MIEUX ?
NON.
JE VEUX TON PROFIL...
QU'EST-CE QUE JE RACONTE EN CE MOMENT.
IDIOTE, IL PENSE QUE JE SUIS UNE IDIOTE.
ÇA FAIT VRAIMENT LONG-TEMPS.
AH,
OUI.
YANO...
SOURIT...
TOUJOURS QUAND JE LE VOIS.
YANO
TU ES FORT.
QUOI ?

*PHOTOMATON AVEC DÉCORS ET TEXTES, EN VOGUE AU JAPON

JE VEUX MÊME PAS SAVOIR.
MAIS...
S'IL Y A UNE CHOSE QUE JE COMPRENDS, C'EST...
QU'ELLE AIT EU...
ENVIE D'ALLER EN VOIR UN AUTRE...
ALORS
QUE C'ÉTAIT DE MOI DONT ELLE AURAIT DÛ AVOIR ENVIE.
DONC J'AI UNE PART DE RESPONSABILITÉ.
JE T'ACCOMPAGNE.

C'EST LA PREMIÈRE FEMME...
QUE J'AI AIMÉE SÉRIEU-SEMENT.
....
MAIS BON,
JE CONNAIS PAS
LA VRAIE HISTOIRE.

LEUR HISTOIRE N'ÉTAIT PAS TERMINÉE.

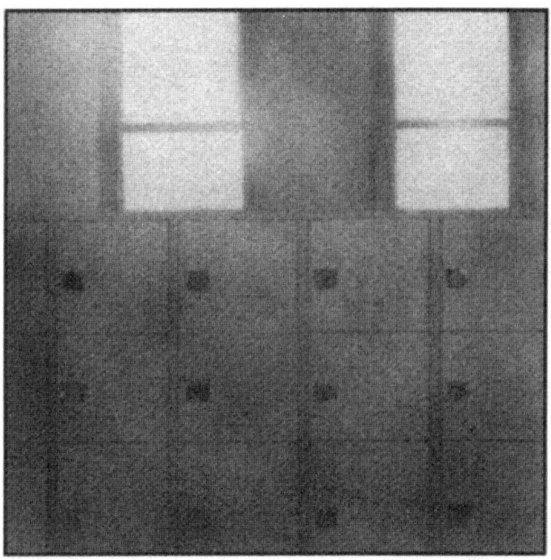

Chapitre 4

ILS N'AVAIENT PAS VRAI-MENT...
FINI DE SE FRÉQUEN-TER.

EH...
ELLE ÉTAIT AVEC UN MEC.
AU MOMENT DE L'ACCIDENT...
AVEC SON EX.
TU L'AS DRAGUÉE ?
BIEN SÛR.

UNE GARCE.
MA PETITE AMIE ÉTAIT...
UNE MERDE.

IDIOT !
IMBÉCILE !
PFF.
MA MÈRE N'A PAS LE NOMBRIL SAILLANT.
MA MÈRE EST...

JE PEUX LE DIRE ENCORE SI TU VEUX.
IDIOT, IMBÉCILE, TA MÈRE A UN NOMBRIL SAILLANT !
RENDS-MOI ÇA !
HAHAHA !
DE TOUTE FAÇON,
TU NE PENSES QU'À LA GRANDE NANA.

TON PORTE-FEUILLE.
C'EST LA PREMIÈRE FOIS QU'UNE FILLE ME DIT "VA MOURIR".

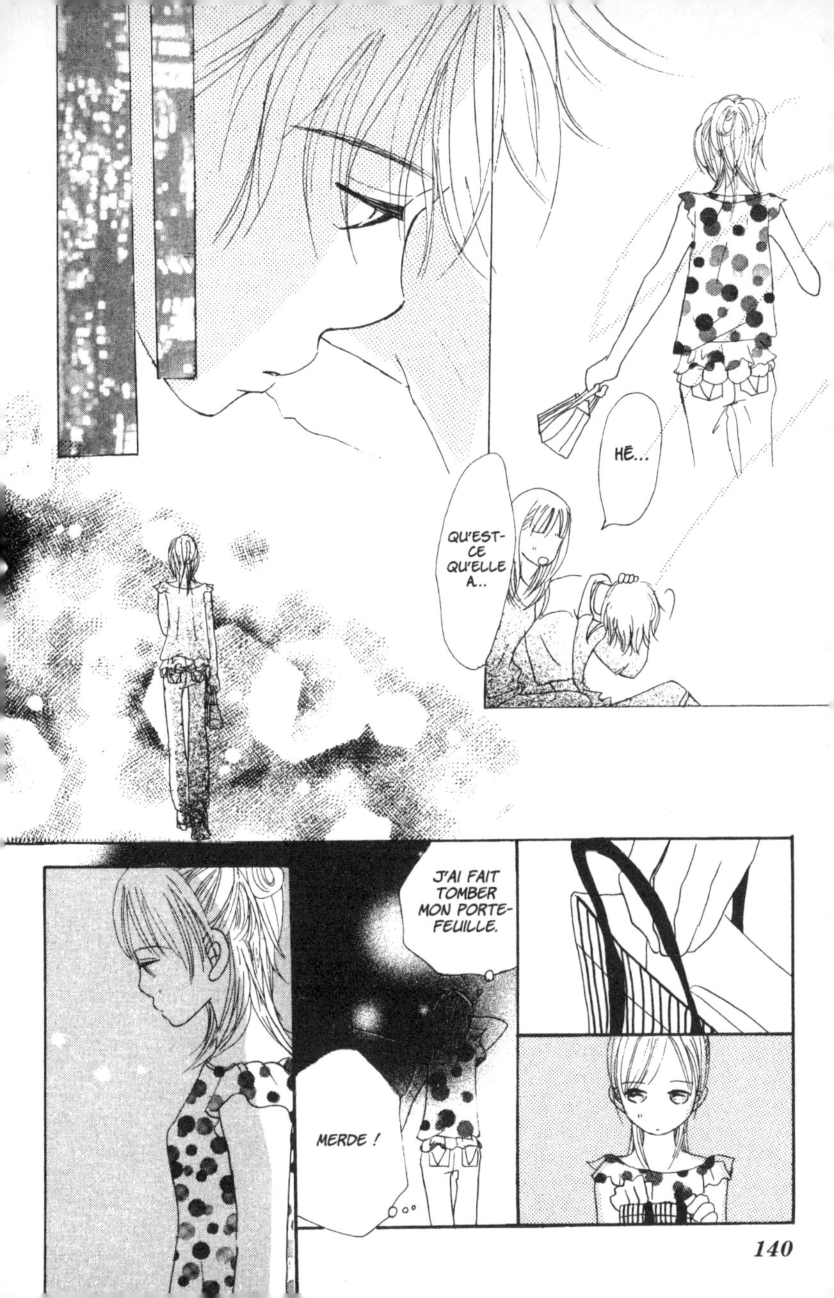
HE…
QU'EST-CE QU'ELLE A..
J'AI FAIT TOMBER MON PORTE-FEUILLE.
MERDE !

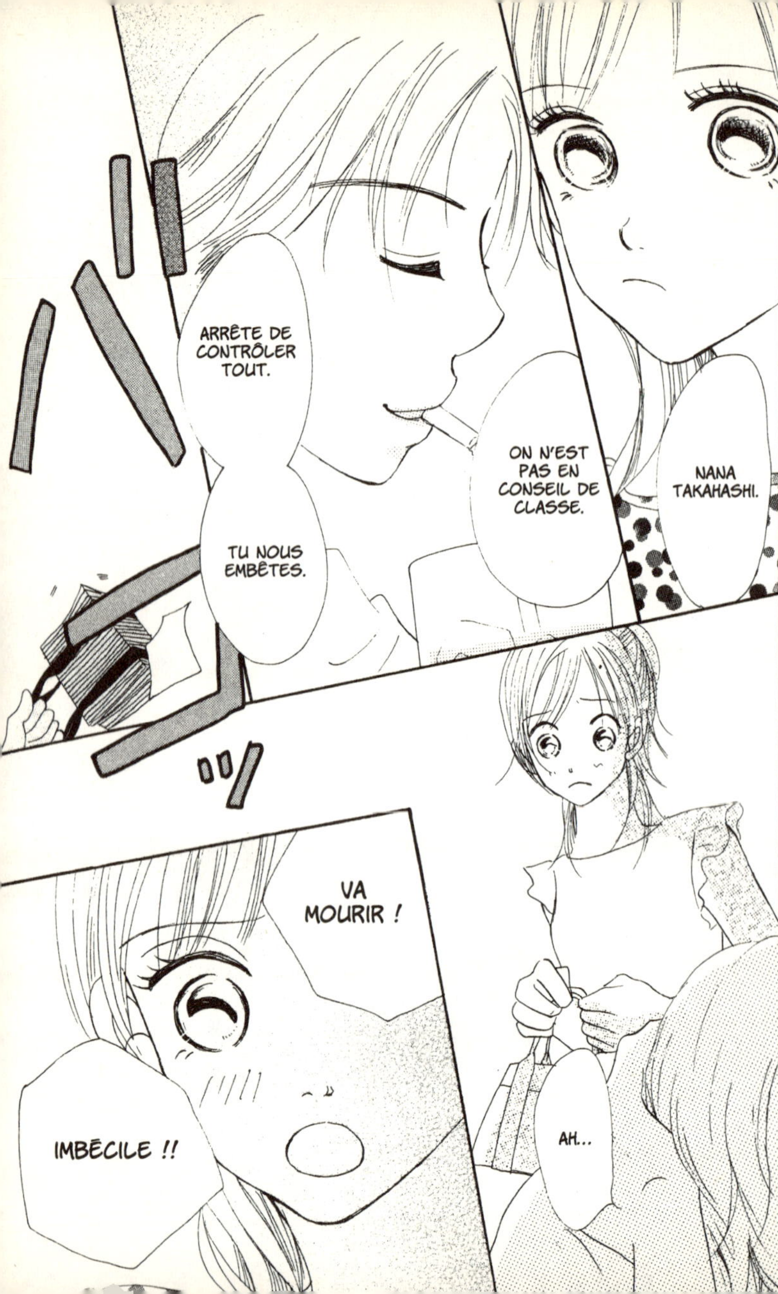
NANA TAKAHASHI.
ON N'EST PAS EN CONSEIL DE CLASSE.
ARRÊTE DE CONTRÔLER TOUT.
TU NOUS EMBÊTES.
AH...
VA MOURIR !
IMBÉCILE !!

CE N'EST PAS LE LIEU POUR PARLER DE ÇA !
...
DÉSOLÉE.
PFF !
PFF,
HAHA HA !
POURQUOI ÊTES-VOUS SI SÉRIEUSES ?
HAHA !
HEIN !
À CAUSE DE MOI ?
J'ACCEPTE PAS QU'ON DISE DU MAL DE NANA.
HEIN ?
SA SOEUR ?
AH !
ELLE !
OUI.
C'EST UNE BONNE FILLE QUAND MÊME.
J'AI PAS ÉTÉ AUSSI MÉCHANT QUE ÇA.
ET PUIS ...

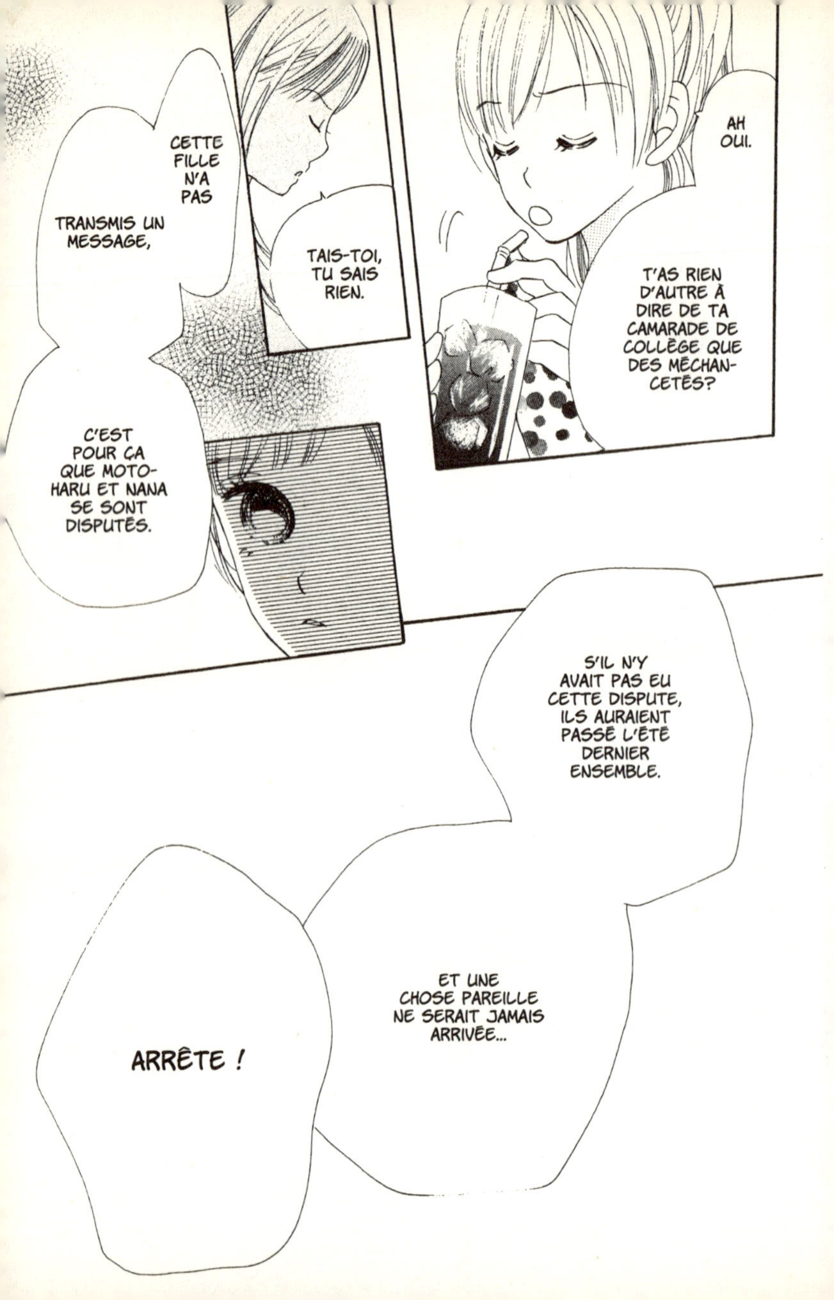
AH OUI.
T'AS RIEN D'AUTRE À DIRE DE TA CAMARADE DE COLLÈGE QUE DES MÉCHANCETÉS?
TAIS-TOI, TU SAIS RIEN.
CETTE FILLE N'A PAS TRANSMIS UN MESSAGE,
C'EST POUR ÇA QUE MOTO-HARU ET NANA SE SONT DISPUTÉS.
S'IL N'Y AVAIT PAS EU CETTE DISPUTE, ILS AURAIENT PASSÉ L'ÉTÉ DERNIER ENSEMBLE.
ET UNE CHOSE PAREILLE NE SERAIT JAMAIS ARRIVÉE...
ARRÊTE !

EH,
OUI.
ELLE T'ÉNERVE PAS AVEC SON CARACTÈRE SPÉCIAL ?
EUH...
SA SOEUR N'ÉTAIT PAS PAREILLE.
ELLE N'EST NI AIMABLE NI BELLE ...
JE SUIS SÛRE QU'ELLE EST BOURRÉE DE COMPLEXES.
À MON AVIS, ELLE A TOUJOURS ÉTÉ COMPARÉE À SA SOEUR.
C'EST PAS JUSTE DE DIRE ÇA.
HEIN... ?
DE QUOI ?
IL NE FAUT PAS PARLER À LA VA-VITE, SURTOUT SI ON SAIT PAS GRAND CHOSE.
COMMENT ?
ON A PASSÉ TROIS ANS DANS LA MÊME CLASSE AU COLLÈGE,
ET ON LA CONNAÎT MIEUX QUE TOI.

ÇA ?
LA CHEF DE CLASSE ?
ELLE DOIT ÊTRE INTELLIGENTE.
ILS SONT TOUS...
DU COLLÈGE ASAHI.
OUI, SPÉCIALEMENT EN MATHS.
SUPER WHAO !
C'EST VRAI NON ?
....
......
ÇA FAIT PEUR.
FUL
IL A VRAIMENT L'AIR...
IDIOT
TU ES...
DANS LA MÊME CLASSE QUE YURI YAMAMOTO ?

VOILÀ, IL EST LÀ.
わはは
OH !
TA-KĒ !
VIENS !
GOÛTE, C'EST BON ÇA.
......
PEUX-TU TE POUSSER ENCORE EN PEU ?
PAS VRAI ?
QUI C'EST ?
NOTRE CHEF DE CLASSE.
C'EST VRAI ?
POUSSE-TOI ENCORE.
C'EST QUOI...

CE N'EST PAS LA PEINE...
D'ESPÉRER...
HÉ,
T'AS PAS FAIM ?
QUELQUE CHOSE DE SUCRÉ, ÇA TE DIRAIT ?
AH !
TIENS !
C'EST TAKEUCHI
C'EST RARE DE VOUS VOIR ICI.
VOUS FAITES DES COURSES ?
HEEE...
AH
ON EST DANS LE QUARTIER DU COLLÈGE ASAHI.
C'EST NOTRE QUARTIER GÉNÉRAL
AH OUI.
YANO VIENT ICI AUSSI ?
EHH...
IL DOIT VENIR AUJOURD'HUI.
VENEZ AVEC NOUS.
NON !

TU VOIS, C'EST PAS CLAIR.
APRÈS TOUT,
ON EST AU MÊME NIVEAU TOUS LES DEUX.
……
ARRÊ-TE...
DE NOUS COMPARER
IDIOT.
JE COMPRENDS PAS YANO.

TU M'AS DEMANDÉ "ES-TU VRAIMENT "AMOUREUX" DE MOI OU PAS !!" PLUSIEURS FOIS.
EH
HUM.
PFFF, NE DIS PAS ÇA.
TU ME L'AS DEMANDÉ SOUVENT, N'EST-CE PAS ?
MOI AUSSI J'AI UNE QUESTION.
TU ES...
VRAIMENT VRAIMENT...
AMOUREUSE DE MOI ?

BOUM BOUM BOUM
YANO.
C'EST POUR TOI.
HEIN ?
C'EST BON POUR L'ANÉMIE.
......
ANÉMIE ?
GLOUP
ALORS ?
C'EST TIÈDE ET C'EST PAS BON.
BEUARK
PARCE QUE C'EST CE QU'IL RESTE DE MON DÉJ.
ON PEUX PARLER NORMALEMENT…
......
MAIS ÇA VA, C'EST PAS DÉGUEU…
PEUT-ÊTRE.
C'EST BIEN TOI ÇA.
ÇA VA...
......
TU SAIS.

YANO !!
YANO !!
QU'AS-TU ?
TU ES TRÈS PÂLE.

2ab +
......
TIENS, TU N'Y ARRIVES PAS ?
C'EST PAS TON GENRE.
YAMA-MOTO,
À TOI.
YANO,
REGARDE BIEN.

ET CEPENDANT...
ARRÊTE DE ME DIRE : "ON SORT ENSEMBLE ?"
ESPÈCE DE CON.
JE DOIS FAIRE QUOI ?
YANO !
VA AU TABLEAU RÉSOUDRE LE PROBLÈME.
....
ガタッ
TU T'ENDORS VRAIMENT SANS HÉSITER, TOI.

MOI AUSSI J'AURAIS DÛ RÉPONDRE "OUI",
EN FAISANT SEMBLANT DE PAS COMPRENDRE.
C'EST LA PREMIÈRE FEMME...
QUE J'AI AIMÉE SÉRIEUSEMENT.
ENTRE "JE SAIS PAS" ET...
"SÉRIEUSEMENT",
IL Y A UNE...
GRANDE DIFFÉRENCE.

AH BON.
T'AS COMPRIS.
ALORS
DEVIEN-DRAS-TU MON PETIT AMI...
UN JOUR ?
C'ÉTAIT MA PRE-MIÈRE DÉCLARA-TION D'A-MOUR, EN PLUS.
ET IL L'A LÉGÈRE-MENT ESQUI-VÉE...
EN DISANT ...
"JE SAIS PAS"
COM-ME UN IDIOT.

DÉSOLÉ.
JE SAIS PAS.
MAIS...
J'AI PAS BESOIN DE CE SENTI-MENT-LÀ.
ALORS,
NON.
C'EST QUOI ÇA.
SI TU VEUX SORTIR AVEC MOI,
CE SERA PAS AVANT QUE TU M'AIMES.

ATT...
ATTENDS UN PEU.
EST-CE QUE TU M'AIMES, TOI ?
OUI.
BAH !?
ARRÊTE !!
AH ?
TU AS EU UN MOMENT DE DOUTE !!
NON.
JE SUIS SÛRE DE MOI.
C'EST PAS GRAVE.
SI, C'EST GRAVE.
JE VEUX SAVOIR SI TU ES VRAIMENT "AMOUREUX" DE MOI OU NON !!
C'EST VRAI ?
TU M'AIMES ?
OUI, PLUTÔT.
MAIS TU PARLES VRAIMENT D'AMOUR ?

PEUT-ÊTRE AMOUREUSE DE TOI.
WA...
WAHA HA,
T'EN FAIS PAS...
J'AI JUSTE DIT ÇA COMME ÇA...
ALORS...
VEUX-TU SORTIR AVEC MOI ?
QUOI ?
MAIS QUOI ?

ÇA ME FAISAIT MAL MAIS ...
J'ÉTAIS TRANQUILLE PARCE QU'IL PARLAIT EN SOURIANT.
PROBABLEMENT QUE...
JE NE VOULAIS PAS ADMETTRE...
L'EXISTENCE D'UNE FILLE AIMÉE DE YANO.
......
YANO
JE SUIS ...

QUOI ?
RIEN.
J'AI JAMAIS VU YANO...
S'ATTACHER À QUOI QUE CE SOIT.
ALORS,
J'IMAGINE QUE TU ÉTAIS FIER D'ELLE.
C'EST LA PREMIÈRE FEMME QUE J'AI AIMÉE SÉRIEUSE-MENT.

C'EST PAS POSSIBLE.
ELLE NE RESSEMBLE PAS BEAUCOUP À YAMAMOTO.
JE SUIS COMPLÈTEMENT PERDUE.
OUI, C'EST VRAI.
QUI EST TOMBÉ AMOUREUX EN PREMIER ?
……
MOI.
UN COUP DE FOUDRE.
ET VOUS ÊTES TOUT DE SUITE SORTIS ENSEMBLE ?
NON,
ÇA M'A PRIS DU TEMPS.
ELLE AVAIT DÉJÀ UN MEC.
TU L'AS DRAGUÉE ?
BIEN SÛR.
MAUVAISE RÉPUTATION
UNE DES RUMEURS ...
ÉTAIT DONC FONDÉE.

JE VOULAIS PAS LE VOIR MAINTENANT.
C'EST ELLE ?
À DROITE ?
PARCE QUE...
JE SAIS PAS QUELLE TÊTE IL FAUT FAIRE...
YAMAMOTO NANA
IL...
IL ADORE LES BELLES FILLES!!
ガーガー
ELLE EST TRÈS BELLE.
OUI, MAIS ENCORE PLUS BELLE EN VRAI.
AH BON...

TU VEUX REGARDER ?
PAS TELLEMENT.
AH BON.
......
NON, JE VEUX LE VOIR.
EN RÉALITÉ,

DÉSOLÉE,
YANO.
J'AI TORT. C'EST SIMPLEMENT POUR ME DISTRAIRE.
JE TE LE RENDS.
ÇA, MAIS C'EST PAS À MOI.
AH ! C'EST VRAI !
MONTRE-MOI.
JE L'AI PAS ENCORE VU.

CLASSE 5
EN TROISIÈME, CLASSE 5.
......
SOL

OH LA !
LE CONSEIL DE CLASSE ÉTAIT TROP LONG.
ALBUM PHOTOS
QUELLE CLASSE C'ETAIT.
FLAP
1 CLASS
FLAP
2 CLASS

KAA
......
ET ALORS ?
OUI ?
CINQ BILLETS DE 1000 YENS.
DÉSOLÉE MAIS J'AI PAS TANT D'ARGENT.
ALORS T'ES INUTILE. QUELQU'UN A DES BILLETS DE 1000 YENS ?
......
IL EST EN PLEINE FORME.
MAIS...
C'EST NORMAL.
YANO EST TOUJOURS ÉGAL À LUI-MÊME.
JUSTE QUE JE SAVAIS PAS COMMENT IL ÉTAIT.

C'EST NANA, QUI A DRAGUÉ YANO OU...
C'EST YANO,
QUI A PIQUÉ NANA À SON EX.
J'AI L'IMPRESSION QUE CE YANO LÀ EST UN INCONNU POUR MOI
ET J'ARRIVE PAS À ME LIER AVEC LUI.
GARA
HÉ !
QUELQU'UN PEUT ME CHANGER 5000 YENS ?
J'AI BESOIN DE CINQ BILLETS DE 1000 YENS !
AH.
C'EST YANO.
ALLEZ !
CACHE L'ALBUM !
C'EST QUOI.
……
COLLÈGE ASAHI
……
REGARDE !

WAHAHA
IL EST COMME D'HABI-TUDE.
MAIS NON.
ELLES NE SE RESSEMB-BLENT PAS DU TOUT !!
VOUS REGAR-DEZ QUOI ?
UN ALBUM PHOTO DU COLLÈGE ASAHI.
LA SOEUR DE YAMAMO-TO Y EST.
AH BON ?
EH...
NON... MERCI.
ELLE EST BELLE !!
UNE VRAIE FEM-ME.
VIENS VOIR NANA.
PLEIN DE RUMEURS CIRCULENT TOUT D'UN COUP.
ON SAIT PAS SI ELLES SONT FONDÉES OU NON.

……
YAMAMOTO !
JE SUIS … COMPLÈTEMENT PAUMÉE.
ÇA VA MIEUX ?
OUI.
BIEN.
AH !
L'AUTRE JOUR,
J'AI EU
34 POINTS.
EN QUOI ?
MATHS !!
QUOI !?
SI TU N'AS PAS UNE MOYENNE SUPÉRIEURE À 30, TU VAS REDOUBLER, NON ?
C'EST …
C'EST VRAI ?
JE M'ÉLOIGNE DU ZÉRO.
ALORS LA PROCHAINE FOIS IL FAUT AVOIR AU MOINS 26 POINTS.
IL FAUT FAIRE UN EFFORT.

IL ÉTAIT AVEC UNE FILLE QUI A 2 ANS DE PLUS QUE LUI.
IL AIME LES FILLES PLUS ÂGÉES QUE LUI ?
TU CROIS ?
ILS SONT RESTÉS ENSEMBLE PENDANT COMBIEN DE TEMPS ?
DE LA FIN DE LA QUATRIÈME JUSQU'À L'ÉTÉ DERNIER, JE CROIS.
CETTE RUMEUR ...
CIRCULE DÉJÀ ON NE SAIT COMMENT.
SIX MOIS C'EST PAS LONG.
SI, C'EST LONG.
HÉ NANA ! T'AS ENTENDU !? C'EST CHOQUANT !!
POURQUOI ?
PARCE QU'IL AIME LES FILLES ÂGÉES ?
NON, PAS ÇA, MAIS ...
JE NE PEUX PAS ME MESURER À QUELQU'UN...
......
GATA
QUI EST DÉJÀ MORT !

LA SOEUR DE YAMAMOTO S'APPELAIT NANA, ELLE EST MORTE L'ÉTÉ DERNIER DANS UN ACCIDENT DE VOITURE. ELLE SE PROMENAIT AVEC UN AMI. ELLE ÉTAIT EN SECONDE ET AVAIT 16 ANS.
C'ÉTAIT LA PETITE AMIE
DE YANO.

Chapitre 3

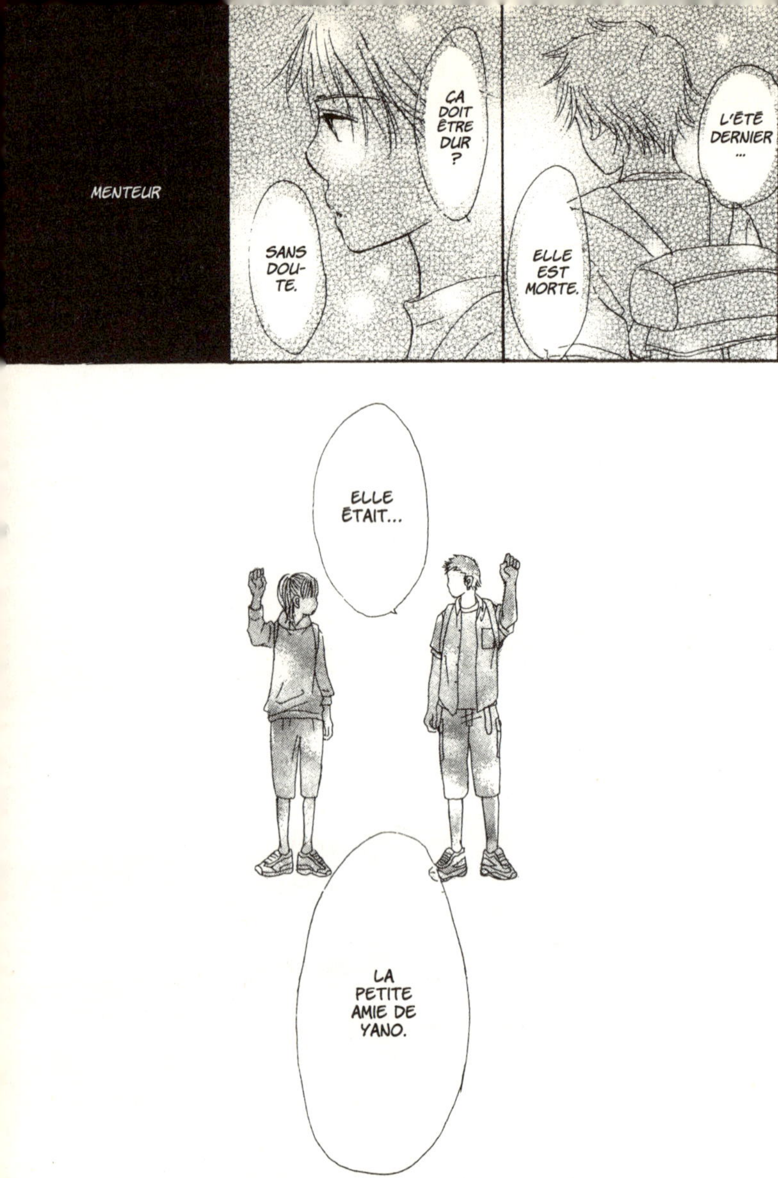
L'ÉTÉ DERNIER ...
ELLE EST MORTE.
ÇA DOIT ÊTRE DUR ?
SANS DOU-TE.
MENTEUR
ELLE ÉTAIT...
LA PETITE AMIE DE YANO.

C'EST BIEN LA SOEUR DE YAMAMOTO ?
OUI, ALORS ...
NON, RIEN.
...... ?

AH...
DÉSO-LÉ ALORS.
AFFREUX, TON VI-SAGE.
...
C'EST PAREIL.
OUILLE
C'EST UN TYPE QUI N'EN A RIEN À FAIRE MAIS...
JE L'ADORE.
......
QUOI ?

J'AI UN AMOUREUX DEPUIS LA RENTRÉE AU LYCÉE.
DIS, ELLE EST ABSENTE, YAMAMOTO ?
LE MEC QUI N'EN A RIEN À FAIRE.
EUH ...
IL EST EFFRONTÉ, LÉGER ET IRRESPONSABLE.
TERRIBLE, TON VISAGE.
"TERRIBLE, TON VISAGE"?
TU PARLES COMME ÇA AUX FILLES ?

TU PARLES
DE QUI ?
SALUT.
COU-
COU.
T'AS
CRAMÉ.
AHAHA
TOUTE
ROUGE.
JE
PÈLE...

C'EST PAS GENTIL DE DIRE ÇA.
HEIN ?
DE DIRE "TERRIBLE".
JE PENSE QU'IL A UN CARACTÈRE TRÈS INFLEXIBLE.
......
OUI MAIS,
À MON AVIS, ON PEUT MONTRER SA FRAGILITÉ
AUX COPAINS.
POUR ÇA
JE SUIS DÉÇU.
......
TU ES UN SI BON AMI QUE ÇA ?
QUOI ?
ON EST AMIS MÊME SI ON N'EST PAS DANS LA MÊME CLASSE, NON ?
......
DIS...

……
AH BON ?
OUI,
JE L'AI PAS VU UNE SEULE FOIS PLEURER.
TU CROIS PAS QU'ON AURAIT MIEUX COMPRIS S'IL AVAIT PLEURÉ OU PERDU LA TÊTE ?
MAIS J'AI JAMAIS SU S'IL EST TOUJOURS TRISTE OU
S'IL A PU SE DÉBAR-RASSER DE ÇA OU NON.
C'EST TERRIBLE.

BAH
......
OUI.
TU AS DÉJÀ ENTENDU PARLER DE ÇA ?
OUI.
C'EST DUR, HEIN ?
OUI.
SI ÇA AVAIT ÉTÉ MOI, J'AURAIS PAS PU M'EN REMETTRE.
AH...
BON ?
J'AI...
JAMAIS CONNU LA MORT DE PROCHES, DONC JE SAIS PAS TROP.
JE ME DE-MAN-DE...
C'EST PAS FACI-LE D'OU-BLIER.
MAIS C'EST PAS CE GENRE DE PERSONNE NON PLUS.
OUI BIEN SÛR,
MAIS ON SAIT PAS CE QU'IL SE PASSE DANS LA TÊTE DES AUTRES.
OUI,
C'EST ÇA.
QUAND MÊME,
C'EST DUR.

JE TROUVE ÇA BIEN QU'ON PENSE AUX AUTRES.
AH
OUI ?
EH
BAH...
PARCE QU'ON A VÉCU PAS MAL DE CHOSES AVANT.
EH...
L'ÉTÉ DERNIER.
QUAND ELLE EST MORTE.
OUI...
C'EST VRAI.

ON VIENT À PEINE DE SE SÉPARER ...
ET...
J'AI DÉJÀ ENVIE DE LE REVOIR.
AH !
AH !
C'EST TA-KEU-CHI.
MERCI POUR TOUT À L'HEURE.
TU NOUS AS BIEN AIDÉS.
ET COMMENT ÇA S'EST PASSÉ ?
LE PROF L'A RAMENÉE EN VOITURE CHEZ ELLE.
AH
OUI
TANT MIEUX.

HÉ !
T'EN AS MIS DU TEMPS À REVENIR.
TU FAISAIS QUOI ?
QUOI ?
YAKINIKU !?
AVEC YANO !?
J'AURAIS DÛ Y ALLER MOI AUSSI.
ET YAMAMOTO ?
LE PROF L'A RACCOMPAGNÉE CHEZ ELLE.
IL A DIT QUE C'ÉTAIT JUSTE UN RHUME.
AH OUI.
C'EST BIEN QU'IL NOUS AIT RAMENÉS EN VOITURE.
JE ME SENS SOULAGÉE.
BON, CHACUN PEUT Y ALLER MAINTENANT.
IL Y A DES BUS POUR CHAQUE DIRECTION.
SALUT

J'AI JAMAIS
VU QUELQU'UN RIRE
AVEC AUTANT D'INSOUCIANCE.

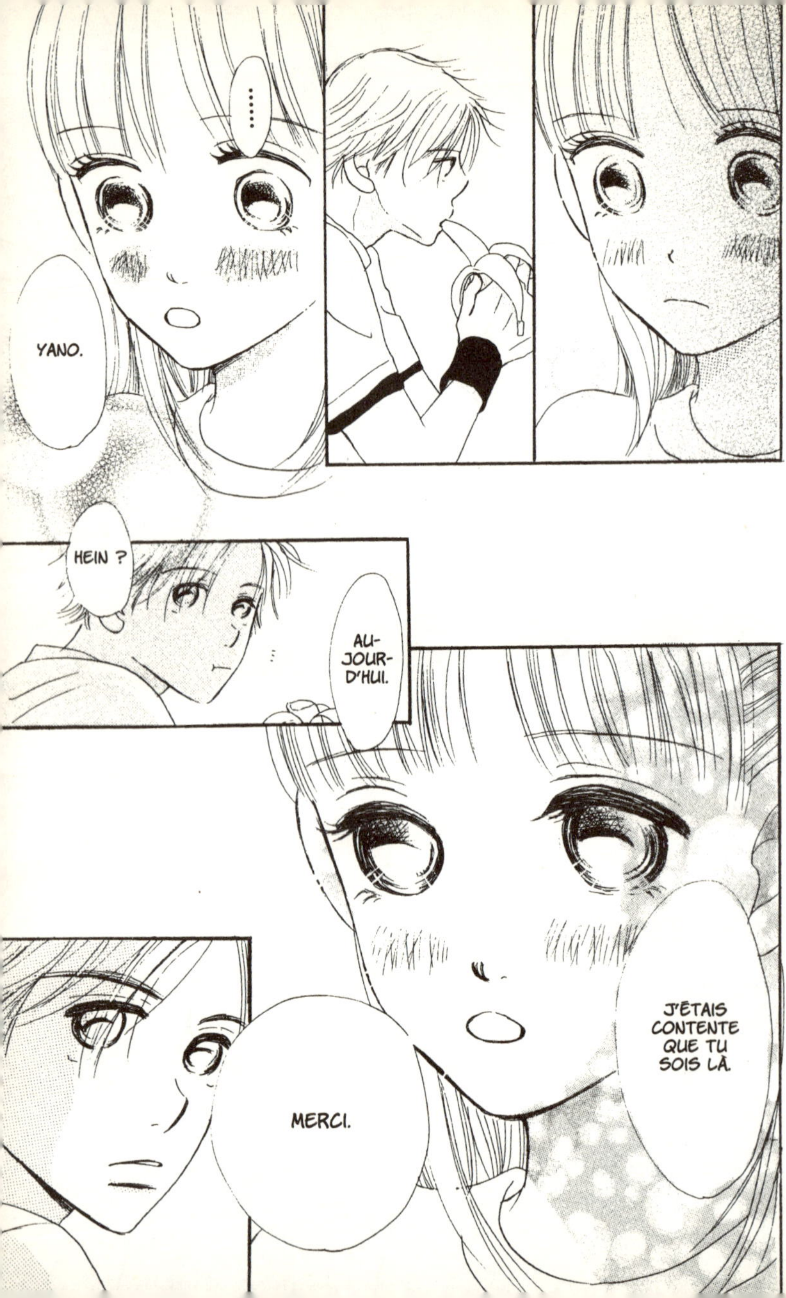
......
YANO.
HEIN ?
AUJOURD'HUI.
J'ÉTAIS CONTENTE QUE TU SOIS LÀ.
MERCI.

......
......
......
PFF
PFF
HAHA HA !
HAHA !
MAIS QU'EST CE QUI LE FAIT ÉCLATER DE RIRE ?
BON...
ALORS.
BON APPÉTIT.

BON...
C'EST PAS GRAVE...
TIENS ! C'EST QUOI ÇA ?
QUI A MIS UNE BANANE DANS MON SAC ?
J'AVAIS DIT "NON" EN PLUS.
BOUFFE.
MAUVAISE SURPRISE
TU EN VEUX ?
TU AIMES LES BANANES, NON ?
......
C'EST ...
QUOI ?
UNE DES BANANES QUE J'AI APPORTÉES.

MAIS… MAIS…
ON N'A PAS BESOIN D'Y ALLER ?
ON N'A PLUS RIEN À FAIRE, SI ?
ON VA LES LAISSER S'EN OCCUPER.
OUI, MAIS.
HOP
ENCORE UNE ASSIETTE DE VIANDE ! ET 2 THÉS FROIDS !
ON A BIEN FAIT DE NE PAS AVOIR DÉJÀ MANGÉ !
ESSUIE MAIN
C'EST POUR ÇA QUE JE ME SUIS TELLEMENT DÉPÊCHÉ, TU SAIS ?
J'ÉTAIS PAS CONTENTE QU'IL M'APPELLE JUSTE AU MOMENT DE MANGER EN PLUS.
MAIS ALORS LUI…
……
JE N'EN REVIENS PAS.
ET…
DE LA LANGUE DE BOEUF, ET AUSSI DE LA PANSE !
HUM…
IL EST MALIN.
FAUT BIEN SE DÉBROUILLER.

YAMAMOTO ?
ガタッ
JE CROIS QU'ELLE A DE LA FIÈVRE.
AU KM 25 ?
AH !
HÉ, NOUS AUSSI...
HUM, ÇA SENT BON !
......
HEIN ?
ON N'A TOUJOURS PAS MANGÉ.
VOUS N'AVEZ PAS DE BENTO ?
......
VOUS AVALEZ DE LA BIÈRE PENDANT LE SERVICE ?
LA VIE EST BELLE...
......
ALLEZ, ASSEYEZ-VOUS.

......
MOI,
J'AI JAMAIS CONNU DE CHOSE PAREILLE MAIS,
ÇA...
DOIT ÊTRE DUR.
OUI, JE PENSE.
JE N'AI AUCUNE COMPASSION AUJOURD'HUI.
MÊME À PARLER D'UNE TELLE HISTOIRE,
MON COEUR BAT QUAND JE SUIS AVEC YANO.

AH...
PARCE QUE...
ELLE EST MORTE L'ÉTÉ DERNIER.
...
JE SAVAIS PAS.
C'EST MIEUX DE NE PAS SAVOIR, NON ?
ELLE N'AIME PAS QUE LES GENS COMPATISSENT, À MON AVIS.
COMMENT EST-ELLE MORTE ?
ACCIDENT DE VOITURE.
TU ES ALLE AUX FUNÉRAILLES ?
NON ...
C'ÉTAIT LES VACANCES EN PLUS.
AH OUI.

NON.
J'AI RAREMENT PARLÉ AVEC ELLE.
ELLE PARLE PAS BEAUCOUP.
AH BEN,
ET ELLE A TOUJOURS ÉTÉ COMME ÇA ?
......
COMME QUOI ?
CO...
COMMENT DIRE ...
COMME SI ELLE N'EXPRIMAIT PAS SES SENTIMENTS.
ELLE EST PEUT-ÊTRE ENFANT UNIQUE.
NON, ELLE N'EST PAS ENFANT UNIQUE.
ELLE AVAIT UNE GRANDE SOEUR.
AH
OUI ?
MAIS ?
POURQUOI...
TU PARLES AU PASSÉ ?

DÉPÊCHE-TOI.
OU JE TE LAISSE POUR DE BON ?
NON.
AH NON, JE M'INQUIÈTE POUR AUTRE CHOSE QUE...
L'ÉTAT DE YAMAMOTO.
AU COL-LÈGE,
TU ÉTAIS COPAIN AVEC YAMA-MOTO ?

MAIS...
JE COMPRENDS PAS.
IL CONNAÎT SON NUMÉRO PARCE QUE...
ILS ÉTAIENT DANS LA MÊME CLASSE AU COLLÈGE.
POURTANT...
TU AS MANGÉ CE MATIN ?
JE RETOURNE JUSQU'À MI-COURSE.

ALORS.
ON RESTE ICI JUSQU'À CE QUE LA VOITURE ARRIVE.
AH !
JE VAIS AVEC TOI.
NON.
TU RESTES.
MAIS...
JE SUIS QUAND MÊME CHEF DE CLASSE.
....
SI TU ME GÊNES JE TE LAISSE, OK ?
AH !
TON NUMÉRO...
EST TOUJOURS LE MÊME ?

T'EN AS PAS UN ?
ET TOI ?
NON.
MOI NON PLUS...
......
POURQUOI N'A T'ON PAS LE DROIT DE GÉRER SON PROPRE PORTABLE !!
MAIS PARCE QUE...
MOI, JE L'AI.
J'AI LE MIEN.
ÇA VA, T'INQUIÈTE PAS.
......
PAS VRAI.
IN-SON DA-BLE.

OUI, C'EST MOI,
T'ES OÙ ?
AU KM 25 ?
......
IL EST VRAIMENT ...
Y'A ENCORE COMBIEN JUSQU'À L'ARRIVÉE ?
...
...
DEUX HEURES ?
OÙ L'AVAIT-IL CACHÉ ?
DIS, IMADA ET LES AUTRES NE SONT PAS ENCORE PASSÉS?
OK.
JE RETOURNE AU KM 20.
AU KM 20 ?
ILS SONT EN TRAIN DE MANGER DU YAKINIKU* DANS UN RESTO.
SI J'Y VAIS MAINTENANT, JE PEUX LES ATTRAPER.
* YAKINIKU, VIANDE GRILLÉE, SPÉCIALITÉ CORÉENNE.
ET EN VOITURE IL FAUT CINQ MINUTES POUR REVENIR.
HÉ !
QUELQU'UN D'AUTRE A UN PORTABLE ?
HEIN ?
RESTE AVEC ELLE.
...
PERSONNE N'EN A...
ON NOUS LES A CONFISQUÉS.

ELLE A DE LA FIÈVRE.
AH.
NON ! ON FAIT QUOI ?
ON DOIT APPELER LA VOITURE.
HEIN ?
MAIS COMMENT CONTACTER LES PROFS ?
BIP

HEIN !
COMMENT... ?
J'AI EU UN APPEL DE TAKEUCHI.
COMMENT ÇA ?
HÉ !
TU AS MANGÉ CE MATIN ?
TU ES PEUT-ÊTRE DÉSHYDRATÉE ?
AS-TU ESSAYÉ DE MANGER DU SEL ?
はっ
ET LA FIÈVRE.

AH !
......
SI TU VEUX, J'AI PRIS UN JUS GLACÉ.
J'AI PAS TRÈS FAIM.
QUE FAUT-IL FAIRE ?
ELLE REPRENDRA DES FORCES APRÈS LE REPOS, OU PAS.
DOIS-JE ATTENDRE LES PROFS OU NON ?
ÇA VA PAS.
JE SERS VRAIMENT À RIEN EN TANT QUE CHEF DE CLASSE...
TIENS ?
HÉ !
ON REVIENT DE LÀ-BAS.
C'EST YANO !

C'EST TAKEUCHI.
ELLE NE SE SENT PAS BIEN.
CROIS-TU QUE LES PROFS PASSERONT ICI EN VOITURE ?
EUH...
JE CROIS QU'ILS SONT EN TRAIN DE MANGER AU RESTO QUI EST À MI-COURSE.
ILS PASSERONT DANS UNE HEURE OU DEUX, À MON AVIS.
UNE OU DEUX HEURES...
JE VAIS DEMANDER SI QUELQU'UN PEUT JOINDRE LES PROFS.
MERCI.
IL EST GENTIL.
......
...
EN ATTENDANT, ON MANGE, NON ?
T'AS RAISON.
PEUX-TU MANGER DES FRUITS, YAMAMOTO ?
ÇA TE FERA PEUT-ÊTRE DU BIEN.

......
YAMAMOTO ?
QU'EST-CE QUE TU AS ?
...
JE ME SENS PAS BIEN.
T'INQUIÈTE PAS. JE VAIS ME REPOSER UN PEU. PARTEZ DEVANT...
ÇA VA PAS.
PEUT-ÊTRE QU'ON VA TROP VITE, AU RYTHME DE YANO, ET QUE C'ÉTAIT DUR POUR ELLE.
AH ! C'EST L'HEURE DE DÉJEUNER.
QU'EST-CE QU'IL SE PASSE ?
ÇA VA ?
TU VEUX BOIRE DE L'EAU ?
ON S'ARRÊTE UN PEU ?
ET ALORS ?
QU'EST-CE QUE VOUS FAITES ?

IL POURRAIT PAS PLUTÔT PENSER :
"ON VOUS ATTENDRA."
....
DIS...
ON COMMENCE À ÊTRE FATIGUÉES.
NON,
IL NE PENSERA JAMAIS COMME ÇA.
OUI.
LA VUE EST TOUJOURS PAREILLE.
J'EN AI MARRE.
J'AURAIS DÛ M'ARRÊTER À MI-COURSE.
......
......
YANO ET LES AUTRES ...
SONT LOIN MAINTENANT.
ON N'A PAS LA MÊME RÉSISTANCE.
BON, AUJOURD'HUI,
QUELLE CHALEUR.
J'AI VRAIMENT PAS DE VEINE.
HÉ,
ON VA S'ARRÊTER POUR MANGER BIENTÔT ?
JE SUIS FATIGUÉE.

ON VA AU KM 42 ?
OUI BIEN SÛR.
FACILE !!
AH !
YANO !
PEUT ...
PEUT-ON DÉJEUNER ENSEM-BLE ?
SI VOUS POUVEZ SUIVRE...
NOTRE ALLURE.
AH !
OUI...
OUI, SI VOUS VOULEZ.

YANO ?
JE LE DÉTESTE.
MINCE... JE FAIS QUOI.
SI JE PROPOSE À YANO, ÇA VA VEXER YAMAMOTO... ?
PROBABLEMENT QUE DANS LE BUS AUSSI...
ELLE S'EST ÉNERVÉE PARCE QU'IL ÉTAIT LÀ.
DIS,
CELUI-LÀ, IL EST DANS LA CLASSE 3 ?
EUH ...
C'EST TAKEUCHI.
IL PARAÎT QU'ILS ÉTAIENT DANS LA MÊME CLASSE AU COLLÈGE.
ILS SONT ENCORE COPAINS MAINTENANT.
AH OUI.
IL N'Y A PRESQUE PERSONNE
QUI N'AIME PAS YANO
ALORS POURQUOI YAMAMOTO ...
ÇA..
JE COMPRENDS PAS.
FAIT-ELLE PARTIE DE CEUX QUI NE L'AIMENT PAS ?
YOUPI !
ON ARRIVE À MI-COURSE.
C'ÉTAIT RAPIDE!!

ILS ONT PAS TROUVÉ LE MIEN
HÉ, TU DÉJEUNES...
AVEC NOUS YAMAMOTO ?
QU'EST-CE QU'ELLE RACONTE ?
ET ALORS ?
J'AI PAS TROUVÉ LE BON MOMENT.
MAIS J'AI PROPOSÉ À YAMAMOTO.
QUOI ?
YAMAMOTO ?
OUI...
ÇA VA PAS ?
C'EST PAS ÇA, MAIS...
ON A DU MAL À PARLER AVEC ELLE.
ELLE FAIT PEUR.
ELLE EST PAS TRÈS SYMPA PLUTÔT.
ET MÊME DANS LE BUS...
BON
D'ACCORD.
MAIS SES REMARQUES NE SONT PAS ÉNERVANTES.
UN PEU COMME UN PROF OU UN ADULTE, EN PLUS FRAÎCHE...
ALORS FRANCHEMENT, ON LUI DEMANDE ?
BEN, BAH
C'EST PAS TRÈS GRAVE.
MAIS PROPOSE AUSSI À YANO ET AUX AUTRES.
OK O...

HUM ...
POURQUOI PAS.
OUI !! OUI !!
OUI...
DÉJÀ, ON VA LUI PROPOSER.
DEMANDE !! DEMANDE !!
NANA, DEMANDE-LE LUI.
QUOI !!
MOI !?
BEN OUI, TU ÉTAIS À COTE DE LUI DANS LE BUS.
PARLE-LUI NATURELLEMENT, COMME TOUT À L'HEURE.
QUOI ?
MAIS IL ÉTAIT JUSTE VENU LÀ POUR DORMIR...
JE SUIS SÛRE QU'IL TE DIRA OUI.
IL AVAIT L'AIR DE BIEN S'AMUSER EN PLUS.
AH BON !
J'ESPÈRE ...
OK OK.
C'EST MOI QUI LE FAIS.
MERCI !
J'ESPÈRE
COURAGE.
J'AI PEUT-ÊTRE ...
DE LA VEINE AUJOURD'HUI !!
HÉ !
ON DÉJEUNE...
MOTOHARU !!

SUPER !
JE ME SENS BIEN !
C'EST MIEUX QUE CE QUE JE PENSAIS
ON POURRA TENIR 42 KM ?
FACILE !
MOI, JE VAIS PEUT-ÊTRE ARRÊTER À MI-COURSE.
JE VEUX PAS BRONZER.
AH BON, MAIS JE VAIS ESSAYER D'ALLER AU BOUT.
MOI AUSSI !!
......
......
COURAGE !
DITES ...
JE VOUDRAIS BIEN DÉJEUNER AVEC LUI.

WOW !
IL L'A VRAIMENT PAS ?
YANO.
INCROYABLE.
REGARDE-LE AVEC CE SOURIRE.
IL NOUS FAIT LE SIGNE DE LA PAIX.
IL DOIT LE CACHER.
....
VRAIMENT !
T'EN AS PAS ?
HÉ ?
....
ET POURQUOI TU RIGOLES ?
BAH
... PARCE QUE
EN VÉRITÉ, J'AI OUBLIÉ DE L'APPORTER AUJOURD'HUI.
OK, C'EST BON.
AU SUIVANT.
OUAIS.
TU AS QUOI DANS TON PAQUET DE BISCUITS ?
......

DONNEZ-MOI VOS PORTABLES !
COMMENT... ?
INTERDITS JUSQU'À L'ARRIVÉE.
CEUX QUI ONT DES PORTABLES, METTEZ-LES DANS CE SAC EN SORTANT DU BUS.
ON LUI DIT QU'ON N'EN A PAS.
T'AS RAISON.
DANS TON SAC, ALORS ?
VIDE DONC...
TES POCHES.
ALORS, TU L'AS PRIS.
NE MENS PAS !
TAP
AÏE !
......
BAH.
PAS D'ESPOIR.
NON.
FOUILLEZ-MOI, SI VOUS VOULEZ.
FOUILLEZ MON SAC AUSSI
TU L'AS PAS ?

JE M'ENDORS PLUS FACILEMENT.
....
OK !
PFF
MAIS...
JE SUIS TENDUE
JE PEUX RIEN FAIRE D'AUTRE QUE RESTER ASSISE, C'EST TOUT.
OUI !
ÇA Y EST !
ARRIVÉS !

TAKA-HASHI !
TAKA-HASHI !
HEIN ?
EN TANT QUE CHEF DE CLASSE, C'EST PAS TERRIBLE.
MOI !?
TAKA-HASHI !
JE PEUX PAS DORMIR SI TU FAIS DU BRUIT.
OUI, PARDON.
JE ME CALME.
NE CHAN-GEONS PAS DE PLACE...
....
JE SUIS ENFIN À COTÉ DE LUI.
NANA
JE PEUX TE PRENDRE DU MIYAKO KOMBU*?
* CONFISE-RIE JAPO-NAISE, ALGUE SALÉE CONFITE
HEIN !
BIEN SÛR.
C'EST PAS...
PRENDS CE QUE TU VEUX.
LA PEI-NE ...
DE
PARLER AUSSI BAS.
HEIN ?
QUAND IL Y A UN PEU DE BRUIT...

HI HI HI !
AÏE !
T'AS MIS UNE PIERRE DEDANS OU QUOI?
IL A FAIT "BING"
OUAIS.
EH ?
TU FAIS QUOI LÀ ?
UNE CANETTE CONGELÉE!!
ALLEZ NANA EN-CORE !
AH NON
JE SUIS TROP TENDUE
MOI !
DU CALME LÀ-DEDANS !
FAITES DU BRUIT SI VOUS VOU-LEZ,
MAIS PAS DE COUPS SUR LES SIÈGES.
...
PAR ...
PARDON.

PEUT-ÊTRE QUE C'EST ...
MON JOUR...
J'AI EU RAISON DE NE PAS BOUGER.

CETTE PLACE EST LIBRE ?
HEIN ?
QUOI ?
POUR... POURQUOI ?
DIS, TU ME LAISSES LA FENÊTRE, S'IL TE PLAÎT ?
JE PEUX PAS DORMIR AVEC LE BRUIT LÀ-BAS.
OH
OUAIS !!
PEUX-TU ME PRÊTER ÇA ?
QUOI ?
AH
OUI.

MOI AUSSI.
JE VAIS DISTRIBUER...
QUI EN VEUT ? Y'EN A ENCORE !
......
EN PLUS IL VA ENCORE ÊTRE LÉGER !
ET IL A UN FAIBLE POUR LES FILLES.
J'IRAI SÛREMENT PAS, C'EST UN IDIOT, ...
NON, RIDICULE !
HÉ !

CA M'ÉTOUFFE.
J'EN VEUX PAS.
DÉSOLÉE.
J'EN VEUX PAS.
J'AI PAS ENCORE FAIM.
LA BANANE N'EST PAS POPULAIRE
MON SAC EST LOURD, ET SI VOUS MANGEZ PAS...
MAIS POURQUOI TU EN AS TANT...
JE CROYAIS QUE TOUT LE MONDE EN VOUDRAIT
DONNE !
JE VAIS DISTRIBUER À CEUX DE DERRIÈRE.
QUI VEUT UNE BANANE !
......
PFF, UNE BANANE ?
J'EN VEUX PAS
DIS PAS CA.
AH
TU M'ENTENDS ?
......
AH OUI...
LE PLAN AUQUEL J'AVAIS PAS PENSÉ.
AHHH
J'AIMERAIS ÊTRE LÀ-BAS...

TU EN VEUX ?
TU EN VEUX ?
THANK YOU !
PRENDS ÇA.
WAA !
J'ADORE L'EXCURSION.
JE VAIS EN DISTRIBUER MOI AUSSI.
OUI.
DIS,
JE PRÉFÈRE LÀ-BAS.
GYAHAHA
......
MOI AUSSI...
J'AURAIS DÛ M'ASSEOIR DERRIÈRE !!
HUM, POURQUOI Y'A TOUJOURS DU BRUIT AUTOUR DE LUI.
TIENS !
UNE BANANE.
NON MERCI.
…バナナ
ボキッ

C'EST BON.
ON PEUT PARTIR.
......
VRAIMENT PAS SÉRIEUX !
......
CE SERA TA FAUTE S'IL MANQUE QUELQU'UN.
C'EST ÇA S'IL EN MANQUE UN,
CE SERA DE SA FAUTE PARCE QU'IL EST EN RETARD.
HUM ...
UN ÉGOCENTRIQUE ?
MAIS AUJOURD'HUI J'ESPÈRE...
ME RAPPROCHER UN PEU PLUS DE LUI.
COURAGE.
HÉ, TAKE !
PORTABLES INTERDITS.

FAITES-VOUS TAMPONNER À MI-COURSE, À 20 KM.
ET LES FILLES QUI LE SOUHAITENT OU CEUX QUI IRONT PAS BIEN PEUVENT S'ARRÊTER À CETTE HALTE...
YANO !!
FAIS L'APPEL DES GARÇONS !!
ET DONNE AUSSI LES RECOMMANDATIONS !!
MAIS TOUT LE MONDE SAIT DÉJÀ TOUT ÇA.
NI PORTABLE, NI COURSES AU COMBINI*!!
J'AI PAS APPORTÉ MON PORTABLE.
DONC C'EST TOI QUI L'EXPLIQUES AUX AUTRES.
INCROYABLE !
MAIS J'AI HONTE DE MOI-MÊME...
POUR M'ÊTRE INTÉRESSÉE À CE TYPE QUI EST JUSTE UN BÂCLEUR.
HÉ, LES GARS !
VOUS ÊTES TOUS LÀ ?

ÉCOUTEZ, VOICI LES RE-COMMANDATIONS POUR L'EXCUR-SION DE MARCHE ATHLÉTIQUE !
D'ABORD, ON PART EN BUS JUSQU'À LA LIGNE DE DÉPART.
LE PARCOURS FAIT 42 KM EN TOUT.

Chapitre 2

À CE MOMENT LÀ,
JE NE SAVAIS PAS PRÉCISÉMENT CE QUE VOULAIT DIRE YANO.

AVOIR DU SOUCI, C'EST...
LE PRIVILÈGE DE L'ÊTRE HUMAIN EN VIE.
OUI,
C'EST VRAI...

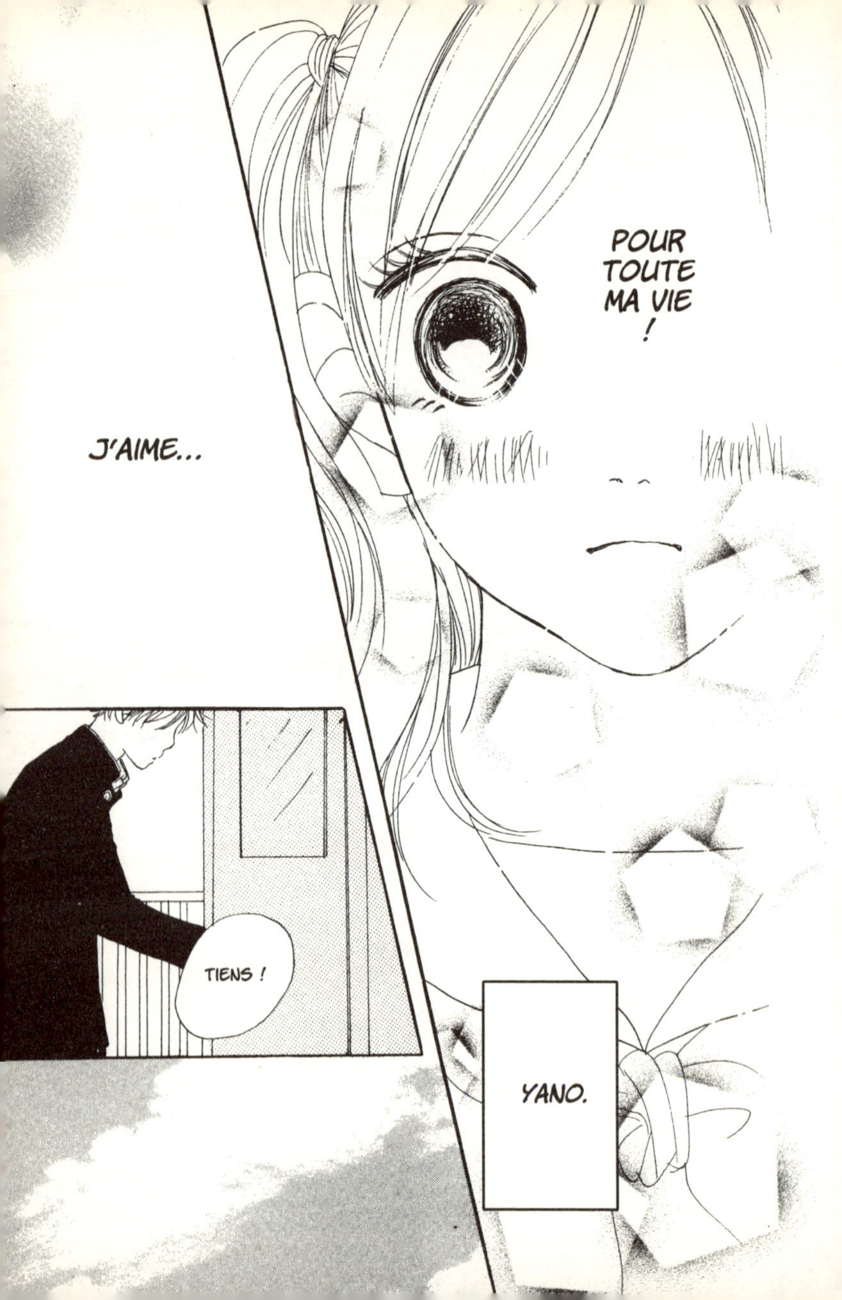

POUR TOUTE MA VIE !
J'AIME...
YANO.
TIENS !

MAIS J'AI PAS DE PROBLÈ-MES, MOI.
ENCORE...
CE SOURIRE.
UNE TELLE CHOSE ...
J'Y CROIS PAS.
IL M'A BIEN EUE
JE SUIS EN TRAIN DE ME TROMPER ....

SI UN JOUR
TU AVAIS
VRAIMENT DES SOUCIS...
DIS-LE-MOI !?
QUOI ?
NON,
JE VEUX JUSTE DIRE QUE...
JE VOULAIS JUSTE...
COMME TU M'AS SOULAGÉE....
PARLER AVEC LUI, PEUT-ÊTRE.
ET MOI J'AI
TROP LA HONTE
....

ET SI C'ÉTAIT LA MAIN D'UN AUTRE QUI T'EFFLEURAIT LE COU.
J'AI DIT ÇA.
JE SAIS PAS MOI-MÊME POURQUOI :
YANO !

HE...
TU ES PÂLE.
AH...
AH...
HA...
IL M'A TOUCHE LE COU ...
EFFLEU-RÉE.
ÇA TE DONNE DES FRISSONS ?

TU PLAISANT...
BOUM BOUM

……
YANO ?
HEIN ?
AH.
JE LA TUERAIS !

YANO ...
AIMERAIT DONC QUEL GENRE DE FILLE...
AH TU SAIS.
HEIN ?
OU ALORS A AIMÉ QUEL GENRE DE FILLE ?
TU FERAIS QUOI ?
QUOI ?
SI TA PETITE AMIE S'INTÉRESSAIT AUX AUTRES GARÇONS.
J'AIMERAIS BIEN SAVOIR.

ÇA FAIT CINQ !!
YEAH
HA...
HAHA
MAIS...
C'EST PAS DES SOUCIS TOUT ÇA.
APRÈS TOUT,
TOI AUSSI TU T'INTÉRES-SES À PLEIN DE FILLES.
ARRÊTE DE ME TRAITER DE CON.
TU SAIS...
J'EN AI PAS L'AIR, MAIS...
JE NE PENSE QU'À MON AMOU-REUSE.
AH AH
ÇA SE VOIT PAS ?
PAS DU TOUT.

MAIS ÇA ME PLAÎT BIEN.
......
TU FAIS QUOI ?
......
T'AS PAS D'AUTRES SOUCIS ?
...
JE ME FAIS TOUT LE TEMPS REMARQUER.
CHOISI POUR ÊTRE CHEF DE CLASSE, QUELLE POISSE.
...T'ES BIEN IRONIQUE...
ET JE PEUX PAS DORMIR LE SOIR.
ARRÊTE DE SORTIR LE SOIR.
HAHA HA.
ET
CE QUE J'AIME PAS DU TOUT,...
CE SONT LES FILLES QUI S'INTÉRESSENT...
À PLEIN DE GARÇONS.

TU T'ASSIEDS PAS ?
J'AI VAGUEMENT COMPRIS
DIS-MOI.
AS-TU DES MATIÈRES FAIBLES ?
OU DES CHOSES...
QUE TU N'AIMES PAS.
POURQUOI YANO EST-IL LE FAVORI DES FILLES ?
MOI ?
PAS GRAND-CHOSE, NON ?
MAIS IL Y EN A.
PAS VRAI.
JE SUIS SÛRE QUE TU N'AS PAS
DE SOUCIS.
SI SI.
J'ATTIRE TROP LES FILLES.
HAHAHA
TU TE FOUS DE MOI OU QUOI ?
IL M'É-NER-VE

MAIS,
T'INQUIÈTE PAS.
......
TU CROIS ?
ET ÇA...
OUI
C'EST NORMAL QU'IL Y AIT DES FORTS ET DES FAIBLES.
ET ÇA, C'EST QUOI ?
C'EST BIEN SI LES FORTS S'ACCROCHENT.
EN PLUS
C'EST ÉTONNANT D'AVOIR O.
C'EST PAS DONNÉ À TOUT LE MONDE.
...
BRAVO
ÇA L'EMBÊTE PAS QUE JE SOIS ICI...
AVANT, JE PENSAIS COMME TOI.
ESPÉRONS QUE JE NE LE DÉRANGE PAS.

IL EST...
ÉTRANGE... !
QUE FAIS-TU ?
MINCE, IL M'A TROUVÉE.
J'AVAIS ENVIE DE VOIR LE CIEL.
ET TOI ?
HAHA.
T'AS DES SOUCIS ?
PEUT-ÊTRE... L'EXAMEN ?
OUI, C'EST ÇA.
TOI... AUSSI... ?
COMME TU DORS TOUJOURS
MOI ? J'AI EU 87
......
ALORS C'EST QUOI ?

C'EST YANO !
BOUM !
POURQUOI MON COEUR...
BAT-IL LA CHAMADE !?
JE SUIS FOLLE ?
BON...
BON
JE M'EN VAIS.
YANO AUSSI A ENVIE...
DE VOIR PARFOIS...
LE CIEL COMME MOI.

MAIS
TU M'AS DIT DE LAISSER TOMBER.
OUI MAIS SI TU ÉCOUTES LE COURS, TU DEVRAIS PAS AVOIR UNE MAUVAISE NOTE.
......
......
......
......
PARFOIS...
J'EN AI...
RAS LE BOL...
DE TOUT.
HAA

NE...
NE TE LAISSE PAS AVOIR
JE SUIS ...
JUSTE MENACÉE PAR L'EXAMEN DE MATHS.
MÊME AVEC CE SOURIRE,
JE NE ME LAISSE-RAI PAS AVOIR...
ET TOMBER AMOU-REUSE DE LUI.
TU VAS REDOUBLER SI TU AS UNE MAUVAISE NOTE.

HÉ ! TAKAHASHI A PRIS MATHS...
AH !!
BINGO !
VOUS AUSSI ?
MOI AUSSI !!
ET MOI !!
MARRE DE CE MEC !
THANK YOU.

......
JE LE VOIS.
OH...
OH NON !
ÇA, ÇA C'EST ...
J'ÉTAIS PAS EN FORME.
D'HABITUDE JE SUIS PAS AUSSI NULLE.
EN PLUS J'AVAIS RIEN FICHU LA VEILLE...
JE SUIS BONNE EN ANGLAIS PAR EX...
HUM ...
DONC ...
J'AIMERAIS BIEN QUE LES FILLES FASSENT LES COURSES.
ÉCOUTE UN PEU LES AUTRES !
JE REFUSE. NOUS, LES FILLES, ON DOIT TOUJOURS FAIRE LES TRUCS PÉNIBLES.
MAUVAIS...
PRESSENTIMENT.

AH LA LA..
J'AI EU...
0
VRAIMENT ÇA !
TAKA-HASHI ?
OU...
OUI !?
IL FAUT DÉCIDER QUI FAIT QUOI AU PIQUE-NIQUE.
AH OUI !
QUI FAIT QUOI.
OUI
OUI
......
POUR LES COURSES,
OUI OUI.
LES COURSES.
VOUS VOUDRIEZ PAS Y AL-LER ? ÇA NOUS FAIT SUER.
HEIN ?
C'EST PAS JUSTE.
....
?

BON, JE LAISSE TOMBER LES MATHS !!
SI ÇA SE TROUVE J'AURAI UN 0.
MOI, ÇA IRA MÊME SI J'AI PAS LA MOYENNE.
MON AMI
WA HA HA
TIENS !
YANO DORT.
IL DORT MÊME PENDANT LE COURS...
......
IL DORT VRAIMENT.
数 I テスト
1年 7組 名前 高橋七美
PEUT-ÊTRE QU'IL EST...
MOINS MÉCHANT QUE JE PENSAIS...
...JE ME LAISSE TROP ALLER !!
MÉFIE-TOI.
NE TE RELÂCHE PAS.

PARDON ?
TON ORIENTATION ?
HEIN ?
LITTÉRATURE EN FAC PRIVÉE.
ALORS, T'AS PAS BESOIN DES SCIENCES.
SI TU VISES UNE RECOMMANDATION DE L'ÉCOLE, C'EST PAS LA MÊME HISTOIRE .
DONC T'AS INTÉRÊT À PROGRESSER EN LITTÉRATURE, NON ?
....
M...
MAIS
SI JE SUIS TROP NULLE...
ÇA IRA PAS NON PLUS.
MÊME SI TU ES NULLE, LES MATHS SONT INUTILES.
FAIS CE QUE TU VEUX, C'EST PAS MON PROBLÈME.
C'EST PAS LA PEINE
DE FAIRE DES CHOSES QU'ON N'AIME PAS
JE COMPRENDRAI JAMAIS.
DIS,
DANS DEUX SEMAINES ON A LE PIQUE-NIQUE.
UN BARBECUE
SUPER !
MAIS AVANT IL Y A DES EXAMS.
J'AI RIEN PRÉPARÉ.
NANA,
TU TE SENS À L'AISE ?
AH !
TU CROIS ÇA ?

BYE BYE
NON NON...
C'EST PAS MON COEUR QUI BAT.
J'AI JUSTE ÉTÉ SURPRISE.
CAR J'AURAIS JAMAIS PENSÉ QU'IL...
ME PARLERAIT, À MOI, UNE FILLE.
QUOI ?
DEPUIS TOUT À L'HEURE TU FAIS DU BRUIT.
AH
PARDON.
LES MATHS ME DONNENT DU SOUCI...

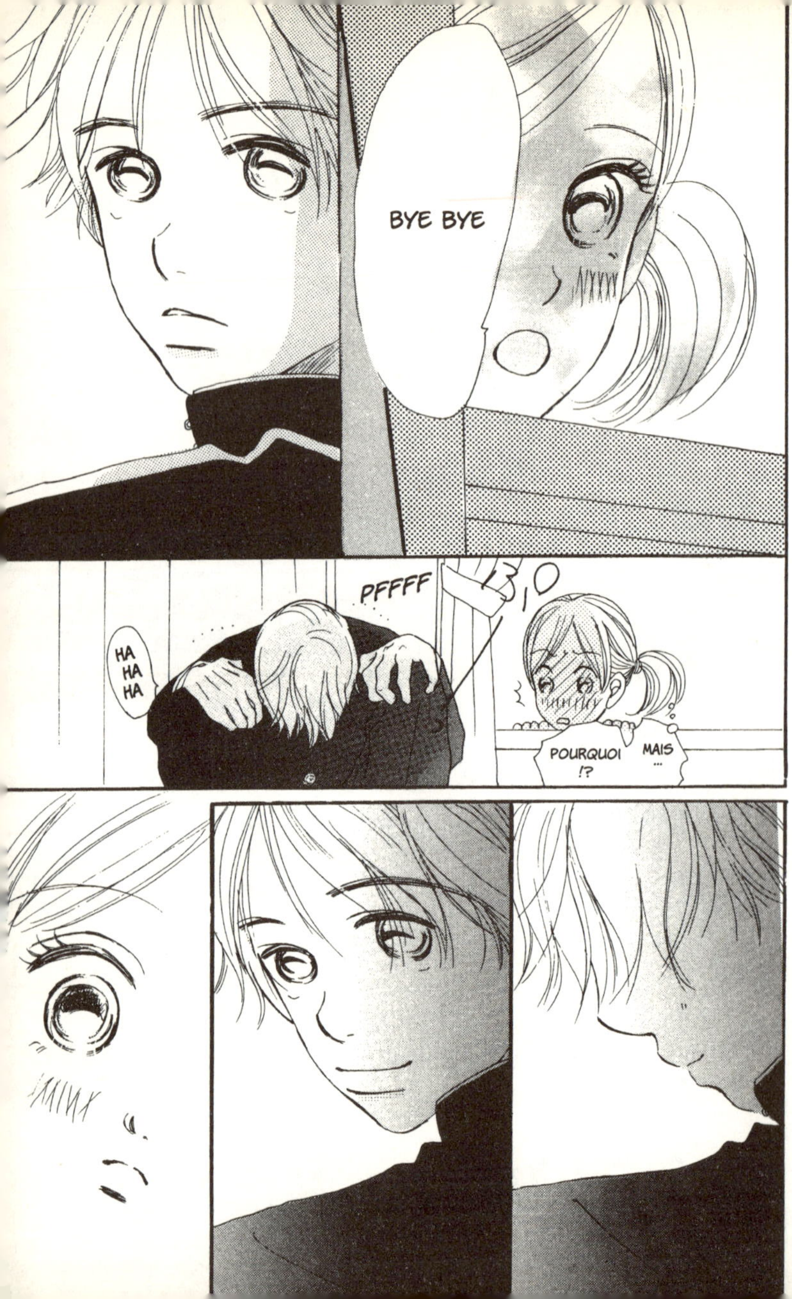
BYE BYE
PFFFF
HA HA HA
MAIS ...
POURQUOI !?

COMMENT ?
AH...
J'AI PENSÉ QUE TU N'AVAIS PAS ENTENDU...
......
HEIN ?
BYE...

……
BYE BYE
AH…
BYE…
PA…
PARDON !
BYE BYE !

......
CE SERAIT PEUT-ÊTRE MIEUX QUE JE PRATIQUE UNE ACTIVITÉ, MOI AUSSI.
TAKAHASHI !
COMBIEN DE TEMPS A DURÉ TON ENTRETIEN ?
SEPT MINUTES
SEPT MINUTES ?
QUELLE PRÉCISION !
JE T'AI MENTI, 10 MINUTES.
NON, UNE DEMI-HEURE !
LA VÉRITÉ C'EST 5 MINUTES.
QU'EST-CE QUE JE RACONTE.
UN QUART D'HEURE !
T'ES FOLLE ?
JE VEUX PAS...
QUE TU ME PARLES AINSI
HUMM !

WA HA HA
……
EH
VRAIMENT
ÇA M'ÉNERVE
LE LYCÉE…
EST MOINS AMUSANT QUE JE PENSAIS.
進路希望調査
第1
第2
TIENS !
T'AS FINI AVEC LE CONSEILLER D'ORIENTATION ?
ALORS ?
HUM…
J'AI PAS BIEN COMPRIS.
WA HA HA
ET POURQUOI DONC ?
BYE BY…

ÇA ME FAIT PEUR.
QUELLE PINGRE.
TAP
JE SUIS BIEN D'ACCORD AVEC TOI !!
HEIN ?
IDIOTE,
……
ON PERD NOTRE TEMPS...
MON DIEU ...
ON A UN EXAMEN BIENTÔT.
数 I
POURQUOI LES MATHS DEVIENNENT-ELLES AUSSI DIFFICILES AU LYCÉE !!
JE COMPRENDS PAS UN MOT.
LA CHEF DE CLASSE PEUT PAS AVOIR UN ZÉRO, QUAND MÊME.
CE SERAIT LA HONTE DE MA VIE !!

IL EST FILS UNIQUE, YANO ?
JE CROIS.
MAIS J'AI ENTENDU DIRE QUE SES PARENTS S'ÉTAIENT REMARIÉS.
AH OUI.
UNE FILLE QUI ÉTAIT DANS SON ÉCOLE PRIMAIRE DIT QU'IL PORTAIT UN AUTRE NOM.
HUMM ...
ET COMMENT S'APPELAIT-IL, AVANT ?
... C'EST DUR LES MATHS, HEIN ?
CROIS-TU QU'IL AVAIT UNE PETITE AMIE ?
...
JE CROIS QU'IL EN AVAIT PAS MAL.
J'AIME PAS TROP LES COURS DE JAPONAIS.
DES JEUNES ET DES MOINS JEUNES.
C'EST VRAI ?
JE SAIS PAS, C'EST JUSTE UNE RUMEUR.
DEMANDONS À YAMAMOTO ?
...MAIS J'AIME BIEN L'ANGLAIS.
ET VOUS ?
......
......
......
......
......
ON DIRAIT QUE JE ME RETROUVE ...
DANS LE TIERS DES FILLES QUI...
JE SAIS PAS DU TOUT.
ET ÇA M'INTÉRESSE PAS DU TOUT.

ET ALORS ?
...ALORS
BON ALORS
C'EST TOUT.
IL ME FAIT
...IL
PEUR
MOI, JE DÉTESTE
BERK
CE GENRE-LÀ
DANS LE BENTO DE YANO
IL Y A UNE POMME EN FORME DE LAPIN.
TROP CHOUPI !

HÉ TOI
TAKA-HASHI.
AH...
TAKA-HASHI, HEIN.
TA.KA. HA.SHI
OK !
ÉCOU-TE
JE CROIS...
QUE TU TE MOQUES DE MOI.
OH, JUS-TE UNE BLA-GUE.
UNE PE-TITE BLA-GUE.
QUOI ?
TU COMPRENDS PAS ÇA ?
DIS DONC.
TU FAIS ÇA PARCE QUE TU PLAIS AUX FILLES ?
HEIN ?
MOI ? JE PLAIS AUX FIL-LES ?
HÉ.
T'AS ENTEN-DU ?
TIENS, IL PARAÎT QUE JE PLAIS AUX FILLES !
MAIS NON, PAS DU TOUT.
......
QUOI ...
TU ...
TU M'É-NERVES !!

......
TU...
TU AS RAISON...
C'EST MOI QUI AI TORT.
JE T'EN PRIE.
...IL EST UN PEU...
DÉSAGRÉABLE...
...MAIS BON
C'EST MOI QUI AI EU TORT D'AVOIR OUBLIÉ CE NOM ?
BON, SI ON RÉPARTISSAIT EN GARÇONS ET FILLES ?
OK ?
C'ÉTAIT PRESQUE NORMAL QU'IL ME MENTE, NON... ?
ALORS
POUR LES GARÇONS, SAKAGUCHI ET MOI
EN FILLES, MIZUGUCHI...
TIENS
C'EST QUOI TON NOM ?
COMMENT ?
C'EST COMMENT DÉJÀ TON PETIT NOM ?

MÉCONTENTE
ESPÈCE DE MALPOLI !
HEIN ?
TU M'AS MENTI ?
AH OUI.
HUMMM ...
ET OUBLIER LE NOM DE TA COPINE !!
C'EST PAS IMPOLI ?

……
MIZU-HARA ?
QUI ?
... HEIN ?
QUI ?
QUOI DONC ?
TU AS CONFONDU AVEC MIZUGUCHI, NON ?
PAS VRAI
WA HA HA
……
...
C'EST GRAVE ?
P... POURQUOI !?
ガーン
ガーン
? PFF ? ?
BON
D'ABORD...
ON VA DÉCIDER DU BUT DE NOTRE CLASSE, ET DES RÔLES DE CHACUN POUR LE 1ER TRIMESTRE.
ÉLUE PRÉSIDENTE PENDANT LA CONFUSION
IL M'A BIEN ELUE
J'AI TRÈS BIEN ENTENDU TON PFFF

BINGO
IL DOIT ÊTRE UN DES MIEUX NOTÉS.
LE SYSTÈME DE DÉSIGNATION EST DESPOTIQUE, N'EST-CE PAS ?
HUM ...
COMME JE N'AVAIS AUCUN CANDIDAT...
OUI
DANS CE CAS-LÀ JE ME PORTE CANDIDAT POUR ÊTRE SOUS-CHEF !!
TIENS.
BAH !
TU CHOISIS LA FACILITÉ, TOI.
YANO EN SOUS-CHEF ?
EUH
EUH
BOUM BOUM
JE VOUDRAIS RECOMMANDER QUELQU'UN.
OUI ?
C'EST DUR D'ÊTRE CHEF, ALORS...
POUR LE POSTE DE SECRÉTAIRE...
VAS-Y
MIZUHARA,
S'IL VOUS PLAÎT.

M...
MERCI.
JE VOUS EN PRIE.
OHHH
J'ARRIVE PAS À Y CROIRE MAIS...
JE LUI AI MÊME PAS DEMANDÉ SON NOM.
J'AI COMPRIS TOUT DE SUITE...
QUI IL ÉTAIT.
4月9日(火)
日直
安部
石井
HR
MOTOHARU YANO !
CE SERA TOI LE CHEF DE CLASSE !
WA HA HA
....

MI...
C'EST MIZU-HARA ?
OU BIEN MIZU-GUCHI ?
......
MIZU-HARA.

TU CROIS QU'ON DEVRA DÉSIGNER DES CANDIDATS ?
J'AIMERAIS MIEUX.
OUI, MAIS C'EST DUR D'ÊTRE DÉSIGNÉ.
ALORS JE VAIS TE DÉSIGNER.
C'EST VRAI ?
...TIENS ?
ELLE S'APPELLE COMMENT, CETTE FILLE ?
PEUT-ÊTRE
...MIZUHARA ?
...OU BIEN MIZUGUCHI ?
AH !
QUEL EST SON NOM ?
MINCE.
ET...
TAP
ON SE TIENT AU COURANT !!
NANA !!
....
...JE NE POUVAIS PAS LUI DEMANDER SON NOM.
......
EUH...
EXCUSE-MOI...
OUI ?
...CETTE FILLE-LÀ...
COMMENT S'APPELLE-T-ELLE ?

FIERTÉ
IL PARAÎT QUE 2/3 DES FILLES DE LA CLASSE L'ADORAIENT...
JE PENSE QUE C'EST UN MENSONGE,
ET TOI YAMAMOTO ?
COMMENT ?
YANO ?
JE LE DÉTESTE !!
......
...TIENS. C'EST SI DUR QUE ÇA DE SE FAIRE DES AMIS... ?
HUM
HÉ
HÉ
TAKAHASHI...
NA... NA
!!
...
APPELLE-MOI JUSTE NANA.
...BON, ALORS,
NANA.
OUAIS ! JE SUIS CONTENTE...
...QU'ON SOIT DÉJÀ COPINES !
TU PENSES FAIRE QUOI POUR LE CONSEIL DE CLASSE ?
MOI,
J'IRAIS AU PLUS FACILE.
APPELLE-MOI JUSTE NANA.
T'AS RAISON.
UMM
JE PRÉFÈRE CHOISIR LA MÊME FONCTION QUE YANO.

2/3 DES FILLES DE LA CLASSE SONT TOMBÉES AMOUREUSES DE LUI AU MOINS UNE FOIS EN TROIS ANS DE COLLÈGE.
PFFF, C'EST TROP.
AH LÀ LÀ
NOUS AUSSI ?
ALORS
WA HA HA
EN PLUS ÇA S'EST DÉJÀ PRODUIT AU COURS DE RATTRAPAGE.
OUI
TU PARLES DU JOUR DE L'EXAMEN ?
C'ÉTAIT...
ENFIN
J'ARRIVE PAS À ENTRER DANS LEUR INTIMITÉ.
DÉCEPTION
UNE TELLE AISANCE
POUR PARLER DE GARÇONS.
4月 食物
5月 被服
6月
AH
DIS-MOI...
YAMAMOTO.
...QUOI ?
C'EST VRAI QUE TU ÉTAIS DANS LA MÊME ÉCOLE QUE YANO ?
...MÊME CLASSE.
OH
AH BON ?
ÇA Y EST !! J'AI TROUVÉ UN SUJET DE DISCUSSION !!

*JIKOSHOUKAI : PETIT DISCOURS DE PRÉSENTATION PERSONNELLE PRONONCÉ PAR LES JAPONAIS LORS DE LEUR ARRIVÉE DANS UN NOUVEAU GROUPE.

NOUVELLE CLASSE
UN TAS DE FEUILLES DE CORRESPONDANCE
JAQUETTES DE LIVRES ENCORE SOLIDES
...QUOI ?
QUE C'EST DUR !
JE SUIS PEUT-ÊTRE IDIOTE... ?
MATHS
ET LE PRINTEMPS, C'EST PAS MA SAISON.
...SALLE RÉSERVÉE AUX TRAVAUX MÉNAGERS
JE PEUX ALLER AVEC VOUS ?
C'EST BIEN TOI QUI ES ASSISE AU PREMIER RANG ?
HEIN
OUI, C'EST MOI !!
NANAMI TAKAHASHI !!
YOUPI ! ELLE SE SOUVIENT DE MOI !!
TAKAHASHI ?
NON, NANA !!
APPELLE-MOI NANA.
QUEL COLLÈGE ?
SUD !!
NOUS ON VIENT DE L'OUEST.
ELLES ONT L'AIR BIEN SYMPA. SUPER.
IL Y A UNE FILLE DU COLLÈGE ASAHI DANS NOTRE CLASSE ?
AH
YAMAMOTO, QUI EST À CÔTÉ DE MOI...
ELLE ÉTAIT À ASAHI.
PAS VRAI !
WHAO ♡
KYAA
ON VA LUI DEMANDER.
?
QUOI DONC ?

……
...YURI YAMAMOTO
ENCHANTÉE
BLA BLA BLA
ÉCOUTE-MOI
KYAHAHA
……
...HE
HEIN
ET ALORS
MENTEUSE
WHAHAHA
AH
QUEL ...
DE QUEL COLLÈGE ES-TU ?
DU COLLÈGE ASAHI.
C'EST RÉPUTÉ ?
OUI
KYA HAHA
ÇA ME FAIT PLAISIR.
……
...EH BIEN
JE SUIS EN RETARD ...
...SUR MES NOUVEAUX CAMARADES.

SE FAIRE PLEIN D'AMIS !!
BOUM BOUM
D...
D'A-BORD
LA FILLE D'À CÔTÉ.
JE
JE M'APPELLE NANAMI TAKAHASHI...
...
...AH
EUH
EN...
ENCH...
ENCHAN-TÉE !

NANAMI !
TU ES PRÊTE ?
NE SOIS PAS EN RETARD DÈS LA RENTRÉE, OK ?
NANAMI TAKA-HASHI
TOUS LES ESPOIRS D'UNE FILLE DE 15 ANS

Chapitre 1

IL AVAIT JUSTE 15 ANS À CETTE ÉPOQUE-LÀ
ET MAINTENANT IL A SEULEMENT 16 ANS
POURTANT LE POIDS QUI PÈSE SUR SES ÉPAULES
EST BIEN TROP LOURD À SUPPORTER POUR SON JEUNE CORPS.

SOMMAIRE

C'était Nous 1

YUUKI OBATA
C'était Nous
1